신호빈의 나를 외치다

사람 속으로, 사랑 속으로

신호빈의

나를 외치다

사람 속으로, 사랑 속으로

신호빈 신태균 지음

홍주리 엮음

도서출판 미래지향

혼자서 외롭게 시간을 보내던 때, 인터넷을 하다 발견한 일러스트 한 장.

아프기 전, 스스로 그려보곤 했던 장래의 내 모습은 그런 거였다.

"카리스마 넘치는 커리어 우먼"

내 키는 175cm, 하이힐을 신으면 180cm는 족히 넘겠지.

늘씬하게 살도 빼고, 쌍꺼풀만 좀 하면 어디서나 눈에 띄지 않을까?

대학교 졸업식에선 부모님 머리에 학사모도 씌워주고,

어학연수보다는 워킹 비자를 받아 타국에서 일하며 경험도 쌓아보고, 공부가 잘 안될 때는 새우잡이 배라도 타볼 거야.

……

스무 살의 내 머리에는 그런 생각들이 가득했다. 물론 당시에는 그런 꿈들이 특별한 것이라거나 이루어질 수 없으리라고는 생각하지 않았다. 큰 욕심을 둔 건 아니었지만 법관이 되겠다는 인생의 목표도 있었고, 나름 치밀한 인생 계획도 있었다.

돌이켜 보면 당시의 나는 참 성공 지향적인 젊은이였다. 여유롭지 못한 가정환경과 평범한 스펙에 대한 자격지심 때문이었을까? 나는 꼭 성공하고 싶었고, 그래서 누구보다도 성실하게 미래를 준비해갔다. 강의실의 맨 앞자리는 언제나 내 차지였고, 정확히 남자친구라고는 못 박을 수 없어도 멘토의 역할을 해주던 사람도 있었다. 하지만 연애나 결혼에는 관심이 없어 남녀 간의 인연도 가볍게 여겼다. 당시의 내게 가장 무서운 일이 뭐냐고 물었다면, 인생의 실패자가 되어 누군가에게 짐이 되는 일이라고 답했을 것이다.

그런데 그것이 오만함이었던 것일까? 나는 겨우 스무 살에 '경피증', 그리고 그중에서도 가장 심각하다는 '전신성 경화증'이라는 이름도 생소한 병에 걸리게 되었다.

젊은 패기와 야심으로 세상에 덤비던 나는 '병마'에게만은 속수무책으로 당해야 했다. 처음에는 '아직 젊은데 일어날 수 있겠지.'라고 생각했지만, 내 병은 바로 그 '젊음'으로 인해 더욱 심각한 결과를 가져왔다. 의사는 경피증은 젊은이에게 더 치명적인 병이라고 말했다. 환자의 성장이 멈춘 중년기나 노년기에 발병하면 병의 성장도 더뎌지지만, 성장기의 젊은이에게는 병이 급속도로 퍼지게 된다는 것이었다.

결국 유난히 발육이 좋고 건장하던 나는 내 젊음과 건강으로 인해 남들보다 몇 배나 빨리 죽음을 향해 달려가는 아이러니한 상황을 맞이했다. 그리고 불치병 판정 이후 내 인생은 그저 좌절뿐이었다.

한때는 부모님의 든든한 맏딸이었던 내가, 집안의 기둥이었던 내가, 부모님의 도움 없이는 아무것도 할 수 없고, 다가오는 미래라곤 죽음뿐인 천덕꾸러기가 되다니. 울고, 울고, 또 울다 보면 하루가 가고, 다시 울고, 울고, 울고. 온몸이 굳어가는 병인데도 눈물샘만은 멀쩡한지, 나의 십 년은 눈물 속에서 흘러갔다.

그리고 그동안 나는 '아부지'라는 삶의 동반자와 함께 많은 것을 얻었다.

스무 살의 나는 책 한 줄을 읽어도 작가의 마음에 동화되기는 커녕 읽는 책의 권수만 쌓아갔었다. 만약 내가 이렇게 아프지 않고 내 목표대로 성공한 커리어 우먼으로 살아왔다면, 나는 여전히 그런 사람이었을 것이다.

그러나 나의 특별한 운명은 내게 세상의 고통과 아픔에 공감할 기회를 주었다. 내 운명은, 스치는 한마디에도 그저 감사하고, 그 속에서도 잊지 못한 열정을 오래도록 가슴 깊이 간직하게 해주었으며, 시련 앞에서 눈물 흘리고 괴로워하다가도 다 털어버리고 다시 일어날 수 있는 용기와 무언가를 위해 살아가겠노라는 소신을 지키도록 해주었다.

그래서 나는 지금의 내 삶이 그렇게 나쁜 것만은 아니라고 생각한다. 여전히 아프고 괴롭고 힘들 때도 많지만, 그래도 어쩌겠어? 부인한다고 바꿀 수 있는 운명이 아닌 것을. 다시 힘을 내어 살아보는 거다. 스무 살의 내가 바라던 대로 '카리스마 넘치는 커리어 우먼'은 되지 못했지만, 누구보다 잘 웃는 '감사쟁이'가 될 수 있었음에 그저 감사하면서.

신호빈, 화이팅! 이렇게 또 나는 웃는다.

2013년 3월

신호빈

나뭇가지에 걸린 초승달이 애처롭게 비추이는 길.

주위엔 풀벌레 소리.

그 정적만이 감도는 길을

나 홀로 걷는다.

무슨 사연일랑 잊어버리고 지금 쓸쓸히 걸어간다.

生의 희로애락 속에서

나 지금 떠나지 않음은

삶의 몸부림!

나뭇가지 사이로 초승달이 길을 비추인다.

어두침침한 길이지만

나는 똑바로 걸어가야지.

적막의 침묵 속에 풀벌레 소리만 들리는 지금…

20대 초반, 방황의 길목에서 썼던 자작 詩입니다. 당시 헤르만 헷세의 시집에 빠져 있던 저는 젊은 객기로 詩를 써볼까 했지요.

한 가지 꿈만을 간직하며 살아가는 사람들은 드물겠지요. 꿈이 바뀌어도 삶은 이어지고요. 저 역시 이것저것 꿈을 바꿔가며 살아왔습니다. 술 한 잔 마시면서 흔히들 얘기하듯 '산전수전 공중전'까지 다 겪으면서 말입니다. 누구에게나 사연이 있고 곡절의 삶을 살아감은 마찬가지겠지요.

저 역시 그렇게 반세기 넘어 살아왔습니다. 나이를 먹어가며, 누군가의 남편이 되고, 아이들의 아버지가 되면서 저의 꿈 역시 가족을 위한 것으로 변해갔지요.

지난 10여 년간, 딸아이를 돌봐온 제게 '호빈이의 건강' 말고는 개인적 소망이란 것은 거의 남아있지 않았습니다. 아픈 딸아이조차 낫게 하지 못하는 못난 아비. 그것이 저의 자화상이었지요.

그러나 비슷한 삶의 시행착오 속에서, 제 몫조차 못하는 사람이라는 자책 속에서도 제 가슴 한구석에 간직해둔 꿈이 있다면, 그것은 아픈 호빈이가 좀 더 나은 세상을 살게 해주고 싶다는 바람이었습니다. 크고 거창한 꿈이 아니라 그저 상대의 마음에 상처 주지 않은 삶, 성공의 결실을 같이 나누는 삶을 살고 싶다는 것이었습니다. 사람의 삶은 사람 속에서 이루어지고 사람 속에서 끝나는 것. 모두 같이 행복해져야만 우리 호빈이도 행복해질 수 있으니까요.

그런데 그런 저의 바람은 제 노력에 의해서가 아니라, 다른 분들의 노력에 의해 이루어지게 된 듯합니다. 딸아이의 고통 속에서 함께 좌절하던 제게 세상은 그저 괴로움이었는데, 제 딸 호빈이에게 쏟아지는 관심과 사랑을 보며 저는 많은 감동의 눈물을 흘렸습니다.

한 때 문인을 꿈꾸던 제가 저희 딸 호빈이와 함께 책을 내게 된 것 또한 많은 사람들의 성원 속에서 가능했습니다. 이 자리를 빌려, 제 딸 호빈이에게 보내주신 사랑에 감사드립니다.

특히 홍주리 작가의 헌신적인 도움과 기꺼이 출판을 맡아주신 〈도서출판 미래지향〉 가족들에게 감사드립니다.

그리고 오랜 세월 함께 고통을 견뎌온 사랑하는 가족들에게 감사합니다.

2013년 3월

호빈이 아부지 신태균

목차

1장

아직은 살아 있는 나

　스무 살 이후 '경피증'이란 희귀병을 앓고 있는 호빈이는 온몸의 조직과 세포가 제 기능을 잃고 굳어가고 있습니다. 경피증이란 인체에 '콜라겐' 성분이 과다하게 침착됨으로써 피부 및 장기가 굳거나 경화되는 특징을 가진 병으로, 알려진 완치법이 없습니다.

　경피증은 크게 '국소성 경피증'과 '전신성 경화증'으로 나뉘는데, 호빈이가 앓고 있는 것은 전신성 경화증으로 폐, 식도, 신장, 위장 등 내부 장기의 손실을 동반하며 치료가 어렵고, 심해지면 사망에 이르게 되는 병입니다. 호빈이는 전신성 경화증 중에서도 가장 예후가 좋지 못한 환자로 분류되어 병원에서조차 치료를 포기한 상태입니다.

　호빈이는 2002년 대학입학 후 발병이 시작되어 이듬해 '전신성 경화증'이라는 희귀병 진단을 받게 되었습니다. 그런 상황에서도 대학 2학년을 마치고 3학년 등록을 마쳤으나 도저히 학교에 갈 수 없는 상태가 되어 휴학을 하게 됩니다.

　2004년 봄부터 급격히 온몸에 이상이 오면서 혼자 힘으로는 거동마저 불편해지기 시작하였고, 2007년 초부터 손가락과 발가락에 괴사가 오면서 몸이 굳기 시작했습니다.

　2009년 12월경 발가락 괴사가 심해지고 육신의 고통과 아픔이 극에 달해 발가락 2개를 절단하게 되고, 다음 해 초부터는 소화력이 급격히 떨어져서 죽 종류와 우유로 식사를 대신하기 시작했습니다.

2011년 11월경에는 갑자기 혼수상태에 빠져 병원으로 후송되었는데 진단 결과 장기의 기능이 현격히 나빠져 삶과 죽음이 모호한 상태가 되어 언제 죽을지 모르는 시한부 판정을 받게 됩니다. 산소호흡기에 의지한 채 20여 일을 지냈고 준비를 하는 게 좋겠다는 병원 측의 말대로 장례준비를 했지만 다시 기적적으로 소생하기 시작했습니다.

호빈이는 이후의 삶을 죽음 속에서 다시 살아나 '덤으로 사는 삶'으로 생각하여, 마지막으로 위로와 격려의 글을 받고 싶어 사람들에게 편지를 보내고 인터넷 카페에 사연을 올리기 시작했습니다. 또 언제 찾아올지 모를 죽음 앞에서 무엇인가 조그마한 흔적이라도 남기고자 글을 쓰는데 본격적으로 매달리기 시작했습니다.

그러자 뜻밖에도 존경하는 분들로부터 격려와 위로의 편지가 오기 시작했고, 이에 큰 용기와 힘을 얻은 호빈이는 살고자 하는 의욕을 가지기 시작했습니다.

그러나 2012년 7월, 갑자기 호흡곤란과 심각한 발가락 통증으로 병원에 재입원하게 되었고, 발가락 6개와 손가락 3개를 절단

하는 수술을 하게 되었습니다. 그런데도 수술결과는 좋지 않았고 아버지가 최종 고민한 결과 죽든 살든 고통을 없애야 되겠다는 심정으로 다시 두 다리를 절단하게 되었습니다.

그렇게 삶과 죽음을 몇 번이나 오갔지만, 신의 뜻이 그러했는지 호빈이는 기적적으로 소생했고 2013년 2월 초 퇴원해 아버지의 보살핌 아래 글을 쓰며 다시 사람들과 소통의 길로 나가게 되었습니다.

이 장은 이러한 힘든 과정을 겪으면서 호빈이가 틈틈이 쓴 글들을 모아 실은 장입니다. 호빈이는 현재 내장 기능을 상당 부분 잃었고, 두 다리를 절단했으며, 두 개의 손가락과 대부분의 치아를 잃은 상태입니다. 더구나 병마는 호빈이의 뇌에도 악영향을 미쳐, 오랜 시간 글을 쓰거나 멋진 문구로 긴 글을 구성하는 것역시 힘든 상황입니다.

그런 까닭에 여기에 실은 글은 대체로 짧고, 다소 서툽니다. 글쟁이인 제가 호빈이의 글을 늘리고 보기 좋게 꾸밀 수도 있겠지만, 그것이 무슨 의미가 있을까요.

이 책은 모진 병마 속에서 너덜너덜해져 버린 호빈이가 그래도 아직 살아있노라고 외치는 존재 증명이며, 겨우 스무 살에 삶의 많은 것을 포기해야 했던 호빈이가 처음으로 꾸게 된 작은 꿈입니다. 그렇기에 호빈이의 글에 어떤 것을 감하거나 가하는 것은 그 모든 의미를 훼손하는 것이라고 생각합니다. 그런 까닭에 이 책은 호빈이의 글을 재구성하되, 원 글의 가공은 최소화하였음을 밝히고자 합니다.

안녕하세요.

제가 이 글을 드리게 됨이 저의 마음속에 큰 용기와 기쁨이 되었으면 하는 마음으로 올립니다.

저는 전신성 경화증으로 10여 년 동안 투병 중인 서른 살 젊은이 신호빈(女)이라고 합니다.

꿈 많고 마음 설레던 스무 살, 법학도였던 제게 희귀병이 찾아왔고, 10여 년의 투병 끝에 시한부 판정을 받았습니다. 지난해 말 크게 위독해진 후로 거동마저 불편해지고 사진처럼 침대에서만 생활하고 있습니다.

저는 삶과 죽음에 대한 공포와 고통으로 하루하루를 연명하며 지금도 그 모호한 경계에서 위태로운 삶을 살고 있습니다. 20대 전부를 제 운명에 대한 분노와 절망, 참을 수 없는 육신의 고통으로 끝없이 흐르는 눈물을 제 마음에 가득히 담으면서 지옥과도 같은 날들을 보냈지만, 서른이 된 지금부터는 지난날의 절망과 고통을 뒤로하고 나날이 새롭고 가슴 벅찬 저만의 삶을 살고자 합니다. 그 끝이 언제일지는 신의 거룩한 이름으로 맡겨두고…

조금은 특별한 삶을 살고 있는 이 젊은이에게 하루를 더 살 수 있는 뜻깊은 말씀이 있다면 듣고 싶습니다.

현재 컴퓨터 앞에 있는 것도 힘에 부치기에 이 모든 것들을 내려놓더라도 외롭지 않게 편지로 받아보고 싶습니다.

제 삶에 위안을 얻고자 이 글을 올립니다.

이 글은 책이 세상에 나오는 실마리가 된 편지입니다.

모진 병마에 운명을 저주하며 고립과 단절 속에 몸부림치던 호빈이는 죽음의 고비를 수차례 겪고, 삶에 대한 미련을 놓아버린 후, 오히려 편안한 마음으로 세상을 향해 문을 두드렸던 것입니다.

병마는 호빈이를 놓아주지 않았지만, 호빈이의 마음까지 붙잡지는 못했습니다. 한 통의 짧은 편지를 시작으로 호빈이는 스스로 세상 밖으로 나오게 되었습니다.

마지막 오늘

가끔은 짧았던 대학 시절을 가만히 떠올려 본다. 예쁘게 꾸밀 줄도 모르고, 그저 도서관에서 공부만 하던 법대생이었다. 관심사가 오로지 수업이고 가는 곳은 도서관뿐이라 별로 재미있는 추억은 없다. 소규모의 학회에 가입해 활동했지만, 같이 다니던 언니들과 점심을 먹고 커피를 마시는 일 정도가 다였다. 맨 앞자리에 앉아 수업을 들었기 때문에 간혹 나를 기억하는 교수님들도 계실지 모르겠다.

집에서 학교까지 늘 만원이었는데, 이상하게도 학교에 다녀오면 너무 지치고 힘이 들었다. 어느 때부턴가 구토하는 날이 많아졌고, 피곤은 점점 심해졌다. 몸과 함께 마음도 위축되어 점점 사람들과 어울리는 시간보다 혼자 보내는 시간이 많아졌다. 그때 이미 병마가 시작되었던 것인데, 기왕 이렇게 될 거 좀 더 많은 경험을 쌓았다면 얼마나 좋았을까. 그것 하나가 아쉽고 속상하다.

2002 월드컵이 우리나라에서 열리고 별 기대도 안 했던 우리 대표팀이 이길 때마다 다들 제정신이 아니었다. 길거리 응원을 못 가게 된 상황에 발목을 삐끗해서 뼈가 부러진 엄마를 원망하며 나 역시 집 안에서 흥분하고 있었다. 그런데 갑자기 손이 새파래져서 병원에 가보니 별거 아니라기에 큰 걱정은 하지 않았다.

차츰 몸이 아파오고, 다리가 굳어가도 약을 먹고 있으니 괜찮을 줄 알았다. 아픈 증상이 하루 이틀도 아니고 너무 오래가는 것에 덜컥 두려움도 생기고 짜증이 심해졌다. 결국 큰 병원으로 옮겨 온갖 검사를 다 받고 하루에 20알도 넘는 약을 처방받았다. 병명은 '전신성 경화증'. 희귀병. 완치가 안 되는 병. 그때부터 내 인생의 고통은 시작되었다.

매일 약을 챙겨 먹고 이른 아침부터 밤까지 이어지는 학교생활이 버거워졌다. 식욕이 없어지고 살이 급속도로 빠지면서 피부도 새까매지고 온몸이 굳어갔다. 결국, 그해 겨울부터 누워만 지내다가 3학년 수강신청을 해놓고도 개강 날 학교에 가지 못한 채 영원한 휴학이 되어버렸다. 나의 학구열은 식지 않았는데, 병마와의 싸움이 너무도 힘겹고 지루하여 공부는 할 수 없었다. 미련은 한없이 남는데, 학교에 갈 수 없었다. 그날 이후……

매일매일 굳어가는 몸이 두려워 운동을 의욕적으로 했다. 화장실 가는 것, 앉았다 일어서는 것. 이런 기본적인 생활조차 힘들어져 가기 때문에 정신을 차릴 수밖에 없었다.

우선 아파트 주위 돌기를 시작했다. 숨이 차오르고 추위가 와도 참으며 걷고 걸었다. 그런데 결과는 좋지 않았다. 손가락, 발가락 괴사로 더 큰 시련을 당해야만 했다. 그래서 생각한 것이 재활병원이었다. 괴사도 치료하고 체계적인 운동과 스트레칭을 하려고 병원에 갔는데, 효과가 좀 있었던 것 같다. 그런데 나의 인내심 부족으로 몇 달 만에 그만두고 말았다. 지옥 같은 병원생활이 심적 고통을 넘어서 심한 스트레스가 되어 몸이 더 힘들어지고 만 거다.

운동도 강한 인내심이 있어야 하고, 사는 것도 그런데 나약한 나의 의지로는 불가능했던 것 같다. 혼자 움직일라치면 그래도 스트레칭은 꼭 해야 한다. 죽는 날까지는 혼자 스스로 살아야

하니까, 나 스스로 내 몸을 움직여야 하니까 운동은 꾸준히 해
야겠다!

힘들 때 마음을 둘 곳이란 한 군데도 없었다. 일상에 지친 부
모님에게 화내는 것, 혼자서 우는 것, 그것뿐이었다. 나에게는
아무도 없었다. 어디에 나를 드러낸다는 건 생각지 못했고 사실
그럴 용기도 없었다. 평범한 척하지만 공감대 하나 없으니 그저
눈으로만 바라보다 자괴감만 들고 처절하게 외로웠다. 누군가에
게도 마음을 털어놓지 못했다. 어쩐지 동떨어진 인간 같아서 항
상 스스로 당당하지 못했다. 쓸모없고 폐만 되는 인간. 그런 존
재로만 인식하며 살았다. 내 마음이 머물 수 있는 곳은 없었다.
오직 죽음. 그 이외를 생각하는 것은 나에게 무의미했다. 그러나
죽음도 외로우면 찾아오지 않는다. 외로움은 외로움을 더 가져
다줄 뿐이다.

발가락에 느껴지는 극심한 통증과 고통으로 몇 달을 눕지도 못하고 다리를 올릴 수도 없었다. 제대로 원인을 알 수 없는 고통과 잠을 자지 못하는 괴로움, 육체의 고통에 엄마 아버지와 함께 고통스런 시간을 보냈다. 신에게 아무 고통 없이 조용히 데려가 달라고 빌고 빌었다.

병원에 입원을 했는데도 이것저것 온갖 검사는 다 하고도 고통은 해결되지 않았다. 병원이라면 환자의 편에서 해결해 주어야 마땅한데도 무관심 속에서 거의 한 달을 통증으로 시름하며 고통을 참아야 했다.

하도 고통을 호소하니까 수술 날짜를 잡아주었다. 어차피 수술할 거라면 빨리 해줄 수는 없었을까? 정말이지 화나고 속상한 일이 비일비재했지만, 그럼에도 하소연할 곳은 없는 곳이 병원인 것 같다. 병원은 환자의 아픔을 진심으로 생각하고 치료할 수 있는 곳이어야 되는데, 모든 게 돈뿐인 것 같다. 한 사람의 환자를 인간으로 대하고 아픔을 헤아리는 의사선생님이 그리울 뿐이다. 냉정한 우리 사회의 자화상이랄까. 진정으로 환자를 대하는 그런 병원이 많았으면 좋겠다.

학업에 대한 미련을 못 버리고 독학사 공부를 시작했었다. 절차법을 배우지 못해 내용이 늘 궁금했는데 혼자 하다 보니 괜히 시작한 듯 어렵고 힘들었다. 그래도 시험과목을 몇 번 읽어가며 공부한 티 팍팍 내느라 책에는 줄이 좍좍 그어졌다.

공부에 집중할 때는 몰랐는데, 서서히 발가락에 통증이 오고, 밤에는 잠을 이룰 수 없었다. 아니 눕지도 못했다. 발을 누이면 통증이 극심해져 종일 앉아 있어야 했다. 낮엔 공부하느라 그나마 참는데, 밤이 되면 피곤함과 통증에 견딜 수 없었다. 결국 공부도 힘겨워지고 하루 종일 울다, 앉아서 졸다, 울다 그렇게 시간을 보냈다.

진통제도 듣지 않고 결국 병원에 입원했다. 담당인 류마티스과는 나를 정형외과로 옮겼고, 그쪽에서는 나를 받아놓고도 통증을 해결하지 못해서 한 달을 고통 속에 시달려야 했다. 잠을 못 자고 우는 나 때문에 같은 방 환자들이 고생했을 터다. 결국 수술 일정이 잡히고 발가락을 절단했다. 고름이 차고 뼈까지 썩어서 어쩔 수 없단다.

누 개의 발가락을 그렇게 잘라내고 눈을 떴을 때 세상 모두가 저주스러울 만큼 아팠다. 아이를 출산한 고통도 그만 할까 궁금했는데, 아이고 다시는 겪어 보고 싶지 않다. 다리를 쓰지 못해

몇 달을 누워서 지내고, 결국 독학사 시험도 치르지 못하게 되어
버렸다. 뭐든 애쓰는 건 많은데, 꼭 끝이 없이 흐지부지되고 만
다. 아마 능력 부족인 사람인가 보다. 그래도 꼭 도전하고 싶은
독학사 공부였는데, 아쉬움만 남는다.

전공이 법학인데 어려운 민법보다는 법철학을 좋아했다. 두
과목 다 구토가 나올 만큼 외워서 시험을 쳤는데, B+과 A+을
맞았다. 역시 마음 가는 게 제일이다. 이거 자랑인가? ㅋㅋ 사실
못다 한 학업에 미련이 많다. 몸이 아파도 어떻게든 다녀보려 했
지만 결국 중도에 포기해야만 했다. 그 바람에 학교 얘기만 나오
면 눈물이 그렁그렁.

천재라는 자긍심과 유대인이라는 태생이 '프로이트'의 의지를
더 강하게 만들었다. 궁극적인 목표는 대중의 인정과 명예가 아
니라 스스로 만족할 수 있는 연구결과였다.

인생의 중심이 내가 되어야 한다. 내가 즐겁고 건강해야 모두
편해진다. 그렇다고 나만 좋자는 건 아니지만 말이다.

공무원을 그만두고 아부지는 대만으로 유학을 가셨었다. 그 시절에 아기인 나도 엄마 아부지를 따라 대만에서 살았다는데, 사진 속의 나는 징징거리는 모습이다.

어릴 때부터 아부지의 이야기를 많이 들어서인지 언젠가는 중국으로 유학을 가고 싶었다. 그래서 고등학생 시절 내내 중국어를 배웠다. 그런데 그 꿈은 내가 아닌 동생이 이루고 있다. 아픈 누나 때문에 일찍부터 자기 일은 스스로 하게 된 동생은 전액 장학금을 받아 상하이에서 대학원을 다니고 있다. 참 알 수 없는 게 우리네 인생인가 보다. 어릴 적 동생은 중국 유학 같은 건 꿈도 꾸지 않았었는데.

동생이 내 꿈을 이루고 있다는 게 기쁘지만 그래도 혹시 또 모르잖아. 나도 건강해져서 언젠가 중국에서 공부도 하고 아부지랑 여행도 할지. 그런 날을 기대하는 거 역시 욕심인 걸까?

작가의 꿈을 갖고 사는 내가 대견하다고, 그저 왔다 가는 인생인데 사람들 마음속에 기억되고 흔적을 남길 수 있는 일을 하는 거라고 아부지가 더없이 뿌듯해하신다. 나도 죄책감이 덜해져 가벼운 마음이다. 시베리아만큼 추운 날씨에 나만 따뜻하게 지내는 게 미안스럽지만 어디 아프면 식구들 더 고생시키니까 기분 좋게 몸 추스르자!

같은 병을 앓고 있는 친구는 어깨가 아프단다. 닿기만 해도 쓰라리다고. 나도 어제부터 그 아픔을 실감했다. 우리는 워낙 살집이 없고 뼈만 있다 보니 푹신한 이불이라도 닿는 부분에 압박이 가해진다. 그러다 보면 혈액 순환이 안 되고 괴사가 생겨 고름까지 차게 된다. 늘 이런 악순환에 몸이 편치 않다. 한쪽으로만 눕다 보니 역시나 어깨뼈가 아파온다. 조심해야지.

불면의 밤.

잠을 깊이 잘 수 없다. 배고픔과 속 쓰림. 그것이 나의 일상이다.

컴컴한 어둠이 싫어서 조그마한 취침 등을 켜놓는데, 그것마 저도 방해가 되기도 한다. 불면의 밤이 지속되다 보면 몸은 지칠 대로 지치고, 금방이라도 죽을 것 같다. 잠이란 놈은 어디로 갔 는지, 밤을 그냥 지새우는 날도 많다. 오랜 시간 혼자 생활하다 보니 조그마한 것에도 예민함이 더해져 잠을 더 못 자는 거 같 다. 예민한 성격은 버릴 수 없는 것 같다.

폐가 아파 바로 눕지 못해서 그 고통을 줄이기 위해 조금이라 도 편한 자세를 찾다 보니 앉아서 밤을 보내는 불면의 밤이 계속 되는 모양이다. 잠을 잘 수 없는 것, 내게는 형벌이요, 고통의 연 속인데 이 길이 빨리 해결될 것 같지 않아서 정말 괴롭다. 오늘 밤만이라도 편안한 잠을 잘 수 있으면 좋으련만.

마지막 오늘

숨이 쉬어지는 지금, 항상 오늘이 마지막입니다.

내일을 기대할 수도 없고, 어제를 후회할 시간도 내게는 없습니다.

내가 할 수 있는 것은 '감사합니다, 사랑합니다' 그 말뿐 입니다.

나를 사랑하는 사람들에게 무책임한 사람이 되지 않기 위해서

오늘이 마지막이라고 생각하며 살아가려 하는데,

그게 마음대로 아니 됩니다.

그래서 화가 납니다. 마음의 평정을 잃습니다,

내 삶이 마지막인데, 왜 그런지 모르겠습니다.

삶에 대한 기대도 죽음에 대한 두려움도 없는데……

나는 멍청인가 봅니다.

오늘이 마지막인 주제에 무엇을 고민하고 걱정하는 걸까요.

그런 내 마음을 이해할 수 없습니다.

그것이 우리 인간의 마음인 것일까요.

오늘도 마지막임을 생각하고 살아봅니다.

병원에 갈 때면 차창에서 눈을 떼지 못한다. 그저 세상이 신기하고 재미있다. 올림픽 대로를 따라 성수대교 쪽으로 가다 보면 유유히 흐르는 한강. 그 한강물을 볼 때마다 저 흐르는 강물은 흘러서 어디로 갈고. 흘러 흘러 넓은 바다로 가겠지. 가고 싶은 곳은 어디든 가겠지. 나의 마음도 오늘만큼은 한없이 자유롭게 저 바다로 가고 싶어. 아름다운 항구도 있고, 거친 파도도 있고, 하얀 백사장, 아름다운 바닷가의 나무들, 이름 모를 꽃들도 피어 있겠지.

저 하늘의 구름은 또 얼마나 좋을까. 어디든 휘휘 날아가네. 연기가 되어 저 하늘로, 온 세상으로 돌아다니고 싶네.

그러나 내가 내리는 곳은 언제나 병원과 집뿐이다.

거의 십 년을 약을 먹으며 보냈다. 매일 수십 알의 약을 복용하다 보니, 부작용이 만만치 않게 나를 괴롭혔다. 머리가락은 쏘불거리고 입안은 항상 헐어 있고, 조금만 무리해도 잇몸은 퉁퉁 부어올랐다. 그러다 보니 매사에 신경질적이 되고, 우울증이 심각했으며, 불면의 나날이 계속되어 심한 고통을 겪었다. 병세는 나날이 악화되었고, 몸은 서서히 굳어 가고, 괴사로 인한 통증으로 많은 날을 보내야 했다. 잇몸이 무너지면서 치아는 하나씩 빠지기 시작하고, 음식 섭취는 점점 어려워져 갔다. 체력은 날이 갈수록 떨어지고 밖에 나가는 것이 두렵고, 싫어지기 시작했다. 방 안의 화장실을 가는데도 숨이 막히고, 어느 날부턴가 죽음을 실감하기 시작했다. 가만히 누워 있어도 천장이 뱅뱅 돌고, 속은 울렁증이 심해 아무것도 먹을 수 없었다.

그날도 그런 몽롱한 상태에서 정신을 잃었고, 눈을 떠보니 병원이었다. 어떻게 병원에 왔는지 기억이 나지 않는다. 정신이 오락가락하며 사경을 헤매고, 더 이상 약도 쓸 수 없었고 넘기려 해도 넘길 수가 없었다.

의사들 말로는 1~2개월 정도 살 거라 했다는데, 나는 지금도 살아 있다. 미련 없이 약도 다 버리고 했는데, 죽지 않고 살아 있으니 아버지는 기적이라 하신다. 그래서 약이라는 게 맞는 사람은 맞겠지만 나에게는 부작용만 안겨준 게 아닌가 싶어 마음이 쓸쓸하다.

약을 끊었기 때문에 어쩌면 나의 생명이 단축될 수도 있겠지만, 지금 상태가 오히려 너무 편하다. 어찌하겠는가. 삶도 죽음도 내 뜻대로 되지 않는 것인데. 그냥 이렇게 살다가 고통 없이 끝이 와 주었으면 한다. 살아 있는 동안 열심히 살 뿐이다.

20대의 내게 서른이란 두려운 나이였다. 병마로 인한 끝없는 고통, 내 초라한 모습, 가족에게 무거운 짐이 되어버린 나. 그 상태로 30대를 맞이한다는 거, 정말 끔찍했다. 서른이 되기 전에 죽음이 먼저 오기를 간절히 빌고 또 빌었다. 시련에 끝이 있다면 서른 이전에 내려 달라며 울부짖었다.

그리고 29 겨울, 나는 정말 지독히도 아팠다. 마침내 삶의 모호한 경계에서 시한부 판정을 받았고, 모든 약물치료는 중단되었다. 그러나 신이 아직은 나를 버리지 못했는지 지금도 죽지 않고 살아있고, 사람의 몰골이 아닌 형상으로 서른을 맞이했다.

의외로 두렵지도 슬프지도 않다. 오래 못 산다니까, 마음이 편안해지고, 없던 무모한 용기도 생기고, 나만의 서른을 내가 만들고 싶어졌다. 다시 사람들과의 대화를 시작했고 더 이상 누구와의 만남도 두렵지 않았고, 사람들의 가슴 벅찬 응원 속에서 서른을 살고 있다. 눈부신 나날을 보내고 있다.

자, 이제부터 나의 인생은 시작이다. 더 자유롭게, 더 힘차게 날아볼 테다. 아직도 많은 고통과 번민과 슬픔이 남아 있겠지만, 사는 그날까지 최선을 다하겠다.

'시한부'라는 것.

내가 병원에 입원했을 때, 의사들은 두어 달밖에 살 수 없을 거라고 했다. 이상하게도 그 순간, 왠지 마음이 편안해졌다. 비로소 십 년 만에 자유로움을 느꼈다. 이 지독한 세상을 떠날 수 있다는 생각에 더욱 자유롭게 느껴졌다. 10년의 투병 기간 내내 우울과 비관에만 빠져 살았는데 말이다. 어찌 된 일인지 아프기 전처럼 긍정적이고, 에너지가 넘치고, 감정이 들끓던 성격도 차분해졌다. 인생을 달관한 듯한 착각도 든다. 믿을 수 없게도 전보다 더 행복하다. 시한부이기에 조급함도 있지만 두려움은 없다. 오히려 용기가 솟아나고 사람들과 소통하고 싶고, 나를 보여주고 싶고, 나의 마지막 꿈을 이루고 가꾸고 싶다.

나의 몸은 점점 더 아파오고, 언제 떠날지 모르는 나날이지만, 어쩐지 가슴도 벅차고 힘이 솟는다. 사랑하는 가족들이 항상 옆에 있고, 나를 기억해주는 좋은 사람들이 있어 행복하게 나의 길을 갈 것이다. 다만 한 가지 바람이라면 고통이 너무 심하지 않게 갈 수 있었으면 좋겠다.

고치지 못하는 병. '불치병'이란 말에는 인간의 마음을 약하게 하는 그 무엇이 있는 것 같다. 부모님은 지푸라기라도 잡는 심정으로 어디가 좋다, 무엇이 좋다 하면 다 해보려는 마음이다.

언젠가는 강원도에 침으로 모든 병을 치료한다는 사람을 소개받아서 미리 예약하고, 하루 전에 출발을 했다. 콘도에서 하루를 묵고 아침 일찍부터 번호표를 뽑아 기다리는데, 사람들이 참 많았다. 한참을 기다려서야 내 순서가 되어 침을 맞았다. 그 치료법이란 게 큰 침으로 온몸을 찔러 피를 흘리게 하는 것이었다. 가뜩이나 아픈 몸을 대침으로 찔러대는데 너무 아프고 정신까지 없었다. 엉엉 울면서 침을 다 맞고 나니, 온몸이 피투성이가 되어 있었다. 그날의 치료 때문에 몇 주를 앓아누웠을 뿐 차도는 없었다.

그런 일들을 비일비재하게 겪고 별짓을 다 해 봐도 차도는 없었다. 그래서인지 뭐가 좋은 약이다, 어디 가면 치료가 된다 그런 소리들이 전혀 와 닿지 않는다. 강원도에서의 그 고통스러운 기억은 지금까지도 지워지지 않는다.

지푸라기라도 잡는 심정으로 아무 치료법이나 다 받아들이는 마음, 그게 문제다. 시한부 판정 이후 약도 치료도 다 중단했지만 오히려 마음이 편하다. 이렇게 조용히 하루를 지내는 것이 더욱 좋다. 물론 나의 마지막이 어느 날 갑자기 올 수도 있겠지만,

죽을 거라던 내가 이렇게라도 살아가는 기적이 지금 일어나고 있지 않은가. 그저 마음이 가는 대로 보내다 조용히 가고 싶다.

병원의 교수님이 골수이식을 권했다. 나의 상태가 좋지 않기 때문에 수술이 가능할지 의문이지만, 아부지는 해보면 좋겠다고 하셨다.

'자가 골수이식'이란 내 골수를 빼다가 좋은 골수로 배양시켜서 현재 내 모든 피를 빼내고 좋은 피로 채우는 수술이다. 수술 중에 죽을 수도 있지만 좋아질 수도 있지 않겠느냐는 교수님의 말씀에 혈액과에 예약을 하고 집에 왔는데, 나는 아무래도 자신이 없었다. 엄청난 비용도 문제지만, 수술 중에 죽을 확률이 더 많을 것 같아서 포기하기로 했다. 죽음이 두려운 것은 아니지만, 결과 없이 집안을 빚더미로 만들고 가면 안 된다고 생각했다. 언젠가는 가는 인생인데, 그냥 갈 때 가는 길을 택한 것이다.

현재 나의 병을 치료하는 방법은 없다. 삶이 얼마나 연장되는가의 문제일 뿐이다. 지금은 고통스럽지 않게 살다 가는 것이 최선의 방법이라 생각한다. 그리고 그렇게 살다 가고 싶다. 주어진 나의 운명대로 살다 가야지. 무엇을 더 바란단 말인가.

마음이 진정이 되지 않는다. 심장이 미친 듯이 두근거린다. 머리는 어지럽고 시야는 자꾸 흐려지고. 괜찮을 거야. 조금만 참아보자. 가슴이 아파 누워있기가 너무 힘들다. 숨은 차오르고 속은 메스껍고 몸은 한없이 무거워진다. 에너지가 내 몸에서 빠져나간다. 괜찮아, 괜찮아질 거야, 조금만 참아보자.

어제도 이빨 하나는 빠져나가고 음식을 넘기지 못한다. 배가 고프다. 국물이라도 퍼먹어야지. 괜찮아, 괜찮아, 조금만 참아보자. 이제 그만 눈물 흘리고, 마음을 가다듬자. 사는 것도 죽는 것도 그저 똑같은 거야. 아직은 이렇게 살아서 글을 쓰고 있잖아. 괜찮아. 다 괜찮다니까. 두려워 말자. 저기 희망의 빛이 보여.

이렇게 오늘도 희망 고문.

나를 위해 언제부턴가 딸기 잼을 만들기 시작한 울 엄마. 나를 위해 요플레 만드는 기계도 사고, 모든 것을 집에서 만들기 시작했다. 내가 식사를 제대로 못 하고 부드러운 음식만 먹어야 했기 때문이다.

그렇게 시작된 잼 만들기는 연례행사가 되었다. 아부지는 싼 딸기가 나오면 몇 상자든 사 오셔서 저녁내 딸기 잼을 만들었다. 그럴 때면 온 집안에 딸기 냄새가 가득하고, 나는 그런 딸기 잼을 원도 없이 먹었다. 지금은 그 잼조차 먹을 수 없어 냉장고엔 잼이 많이 남아있다. 이제부터라도 기운을 차려서, 다시 잼을 만드는 행사를 하게 되었으면. 엄마 아부지의 기쁨이 거기에 있으니.

행복한 오늘이다. 어제랑 똑같아서 심심하고 단조롭게 살지만 이런 일상을 유지하기 위해 희생과 마음 다스림이 필요하다. 무엇보다 아프지 않으니 하던 일도 꾸준히 할 수 있다. 불만을 생각하면 끝도 없어서 생각하다 지친다. 단 한 가지라도 매달릴 수 있으면 그것에 집중한다. 따뜻한 방에서 폰으로 소통하고 놀고먹고 지상낙원이라니까!!

성철스님의 책을 선물 받았다. 심오한 내용이야 다 이해할 수 없지만, 거부감 없이 나에게 다가오는 것이 많았다. 그중에서도 "아무것도 믿지 말라"던 스님의 말씀이 마음에 닿는다. 내가 죽음 앞에서 느끼는 짧은 생각인지 모르겠지만, 아쉬움도 절망도 기쁨도 다 순간인 것 같다. 삶과 죽음이 똑같은 것 같다. 걱정하고 괴로워하고 할 필요는 없다. 주어진 시간 열심히 살고, 하고자 하는 일을 하는 것이다.

석가탄신일을 맞이하며, 나는 그런 생각을 해본다. 불교는 어딘지 모를 마음의 고요함을 준다. 고행을 통해 구원을 얻고자 했던 부처님. 나의 길이 고행의 길이어서 애착이 가는 걸까.

부처님. 저에게 부처님의 길을 가르쳐 주소서.

이 가여운 한 중생에게 자비를 주소서.

그 길로 가게 하여주소서.

세상 속으로

병이 심해져 의식이 없을 때였다. 정신이 오락가락하여 내가 살아있는지 죽어있는지 구분도 되지 않았다. 엄마는 일하러 가고, 아부지가 나의 간병을 도맡았다. 아부지가 옆에 있으면 마음도 좀 안정되고 모든 게 편하다. 정신이 없어서 거동도 할 수 없고, 산소호흡기에 소변 줄, 기저귀 등등을 주렁주렁 달고 한 달 넘게 입원해 있어야 했다.

모든 걸 누운 자리에서 잠깐 일어나 처리해야 했고, 주사와 두유로 겨우 연명해야 했다. 모든 처리는 아부지가 하셨다. 두유를 먹다 토하고, 배가 너무 고파 국물이라도 조금 먹으면 또 토하고, 그런 걸 한 달 넘게 지속하고 있었다.

정신이 몽롱한 중에도 의무적으로 무엇을 먹어야 되고 주사를 맞아야 하고, 가끔 정신이 들면 아부지한테 투정을 부렸다. 내가 아이스크림이 먹고 싶다고 하면 아부지는 한밤중에라도 가게에 나가서 사오고 먹이고 하셨다. 주사를 많이 맞으니 소변은 끊임없이 나오고, 아부지는 저녁에도 거의 잠을 못 자고 소변 통을 갈아야 했다. 그렇게 다 죽어가는 딸을 밤마다 곁에서 지켜주셨다. 내 기력을 찾아주시기 위해 집에 가서서 온갖 육수를 다 끓여오고 그걸 먹여 주셨고, 그런 정성이 모아졌는지 나는 살아났고 어느 정도 회복도 되었다.

어떤 자식이 병든 부모를 이렇게 돌볼 수 있으랴. 내가 우리 아부지의 딸이었기에 기적이 일어난 것 같다. 자식을 사랑하고 걱정하는 아부지의 눈물이 바로 기적이다. 내가 이 사랑을 갚을 수 있을까? 그것이 걱정이다.

여름이라 시원한 아이스크림이 제일 먹고 싶다.

음식을 못 넘기는 처지라 평소 좋아했던 것들은 눈으로 보거나 마음속으로 떠올릴 수밖에 없다. 매운 음식, 통닭, 햄버거 등등 참 좋아했는데, 지금은 넘길 수 있는 것만 먹을 수 있다. 그래도 먹고 싶으면 아무거나 조금 맛을 보는데 결국은 토하고 죽을 고생만 하게 된다. 먹는 것을 참는 것도 참 힘이 든다.

아무거나 먹을 수 있다는 것, 정말이지 축복이다.

사람은 환경에 적응한다지만 세상 사는 것이 귀찮기만 한때가 더 많다.

내가 살아야 할 동안에는 먹을 수 있는 음식을 개발하고 또 연구해야지. 그래야만 내가 살 수 있으니까.

요즘 빈혈 현상이 심하다. 잘 먹지 못한 것이 원인이지만, 어떤 대책은 없다. 그저 먹을 수 있는 한 먹어보고 넘겨보고 해야지. 속이 심하게 메스껍고 속이 많이 쓰리고 머리가 뱅뱅 도는 게 우주선이라도 타는 기분이다. 한쪽 눈의 시야까지 좁아지고 있다. 나의 병이 더 심각해져 가고 있는가 하는 생각도 들지만 어떤 묘책도 방법도 없다니 참고 또 참고 살 수밖에. 이제는 죽음이 오더라도 병원에는 가고 싶지 않다. 그저 사는 날까지 최선을 다하고, 신의 부름이 있으면 가는 수밖에 없지 않을까.

배는 항상 고픈데 먹을 수 있는 음식은 없고, 애처로워하고 안타까워하는 아부지의 마음 내가 다 아는데 뭐라 말을 할 수도 없다. 전에는 하도 많이 울고 있어서 아부지가 항상 방에 오셔서 확인하고 가시곤 했다. 요즘은 시도 때도 없이 머리를 쓰다듬으신다. 이런 때에는 어느 약보다 아버지 손이 나를 잠들게 한다. 내가 빨리 좋아져서 이 근심을 덜어주어야지. 한데 몸은 자꾸 아파온다.

내 병은 몸에 괴사가 나고, 앉아서 생활하는 시간이 길어서인지 욕창이 난다. 손가락, 발가락, 엉덩이까지 정말 괴로움의 연속이다. 이럴 때면 이성을 잃고 화도 많이 내고, 정말 힘이 든다. 그 아픔의 고통은 겪은 자만이 알 것이다. 참아야지 참아야지 하면서 숱한 시간들 속에서 견디는 방법을 연구할 수밖에.

집에서 아부지가 하는 치료들이 많아지고, 아부지는 의사가 다 되어 간다. 실제로 아부지가 하는 드레싱이 의사가 하는 것보다 안 아프다. 아마 아픈 상처에도 아부지의 사랑과 아픔이 다 전달되어서 그런가 보다. 아프지 말자 다짐해 봐도 고통은 우리의 의지로 안 되니까, 이성을 잃어버린다. 아무리 인내심을 발휘해도 육신의 아픔은 참을 수 없는 것이 인간인가보다. 오늘은 나의 아픔이 좀 덜했으면……

언젠가 재활치료를 받기 위해 입원한 병원에서 보호자 없이 간병인과 함께 생활하게 되었다.

그곳은 생지옥이었다. 키는 크고 머리는 짧아서 성별 구분이 잘 안 되는지라 시선을 받는 건 늘 있어온 일이었지만, 다인실에서 지내다 보니 여러 사람들에게 무시를 당하는 일이 많았다. 부모님이 아침저녁으로 오시긴 하지만 보호자가 늘 곁에 있지 않으니 내게 잔소리를 하고 무시하고 내가 뭘 하나 감시하곤 했다.

간병인의 대부분은 조선족이었고, 그들의 이야기는 알아듣기 힘들었다. 환자들은 통증으로 잠을 이루지 못해 뒤척이는 나를 시끄럽게 군다며 미워했고, 희귀병자라서 의료진의 관심을 받는 것조차 질투하며 화를 내곤 했다. 일일이 싸우기 싫어서 그냥 참고 살다가 살은 더욱 빠지고 몸은 더욱 나빠졌다.

병실에서는 환자나 간병인 모두 힘들다. 나와는 달리 육신은 멀쩡하지만 인간다운 삶을 포기한 채 돈 몇 푼 때문에 그 좁은 병실 바닥에서 잠을 자는 간병인들. 그러니 다른 사람을 배려하며 산다는 것도 쉽지 않겠지. 그래도 환자한테는 조금쯤 애처로운 감정이 들지 않을까.

환자로 인해 생계를 이어가면서도 환자에겐 관심도 없고 그저 돈벌이의 수단으로 생각하는 그들이 때로는, 오직 먹이만을 생각하는 하이에나처럼 생각되기도 했다. 서로를 불쌍히 여기며 좋은 마음으로 잘 지냈으면 좋으련만. 아아, 병원의 기억은 여러 가지에서 악몽으로만 다가오네.

처절하게 외로웠다. 초라하게 변해 가는 나의 모습에 어느 누구와도 소통의 길은 멀어져 버렸고 만남도 끊었다. 마음은 더더욱 외롭고 황폐해져만 갔다. 가족들에게 온갖 분풀이를 다하고, 온갖 원망을 다 퍼붓고 그렇게 삶을 철저히 밟으며 살았다. 몸은 좋아질 리 없었고, 결국은 죽음에 다가섰다.

가장 가까운 가족도 나를 정확히 알 수 없었다. 불편한 것, 힘든 것, 아픈 것, 원하는 것 등등 정확하게 표현을 해야 했다. 하지만 입을 닫은 나의 불통으로 인해 나는 더욱 힘든 투병생활을 했고, 이제는 그런 것들이 얼마나 나쁜 것인지 잘 알고 있다.

아주 오랜 시간이 지난 후에야 나는 누군가와 이야기를 하고 싶었고, 소통이 너무도 간절했기 때문에 무모하게 용기를 내어 손을 내밀었다. 자칫 무례함이 될 수도 있지만 나에게는 그런 것을 생각할 시간이 없었다. 그런 내게 여러 분들의 손길이 다가왔고 나의 고통을 안쓰럽게 생각하는 분들께 많은 위로의 편지와 답을 받았다. 나는 다시 이 고마운 분들에게 보답하기 위해서라도 무엇인가 열심히 해야 한다고 생각했다. 마음이 더없이 따뜻해졌고 강하게 병을 견디는 마음도 생기기 시작했다.

사랑하는 모든 분들을 위해서라도 세상에 나를 당당히 드러내고 당당히 나의 길을 가고 싶고 갈 것이다.

내가 못다 한 꿈을 이루기 위한 노력을 가장 힘든 이 순간에 시작합니다. 끝은 알 수 없기에 최선을 다해봅니다. 나를 외면하지 않고 소통해 준 많은 분들께 진심으로 감사드립니다. 나를 바라보아준 따스한 시선으로 이 세상의 약자를 지켜주세요. 여러분의 진심 어린 소통으로 지난날의 모든 고통과 슬픔을 보상받았습니다. 저의 작은 힘이나마 묵묵히 행동으로 실천하고 좋은 세상 이끌도록 인도해 주시고 이끌어주세요. 우리는 모두 우주 어디에서든 함께하고 같이 갈 것입니다. 인간은 위대하고 할 수 없는 일은 없습니다. 작은 티끌이 큰 산이 되듯 모아 모아 큰 산을 만들어 갑니다. 두려움은 앞을 막고 참다운 용기는 길을 만납니다.

"저는 기적을 믿지 않습니다. 다만 기적에 의지해 살아갈 뿐입니다."

'길 라너'의 말이다. 아직 먼 이야기이고 아버지의 전적인 도움이 있어야 하겠지만, 돈을 좀 벌게 된다면 한적한 시골에 공동체를 하나 만들고 싶다. 이 꿈은 내가 꼭 이루고 싶은 꿈이고, 내가 살아갈 수 있는 목표다. 누구에게도 폐가 되지 않고, 혼자 힘으로 살아갈 수 있어야 되므로. 자연 속에 살고 싶어 하는, 마음이 통하는 좋은 사람이 있으면 되니까. 그러면 외롭지도 않을 것이고, 좋은 책도 읽고, 글도 쓰면서 살 수 있으니까.

그러니까 지금은 글쓰기를 게을리해선 안 된다. 불평불만 속에서 환경을 탓하면 안 된다. 버겁기도 하고 그만 다 내려놓고 싶기도 하지만, 그때는 내게 죽음뿐이다. 나의 꿈을 위해 최선을 다해야 한다. 내가 이런 꿈을 이룰 수 있는 것도 사람들과의 소통이 없으면 불가능하다. 처절하게, 미칠 듯한 마음으로, 이 세상과의 소통을 이어가야 한다. 지금으로선 치열한 삶 외에는 나에게 방법이 없다.

자살 시도.

아부지는 자식들만 바라보고 사신다. 온 신경이 자식들에게 향해 있고, 아부지 손길이 닿아야 직성이 풀린다. 그러느라 돈과는 거리가 멀어 엄마가 생계를 책임지셨다. 억척스럽지만 마음은 유리알처럼 맑은 엄마가 참 고생 많았다. 엄마 아니면 먹고 살 길이 없으니 막막하고 원망스러울 테다. 거기다 나까지 아프고. 30 평생 엄마한테 미안하다. 어떤 식으로든 성공해서 기쁘게 해드리고 마음 편히 쉬게 하고 싶었는데, 세상에 이런 천덕꾸러기가 될

줄은 몰랐다.

결국 너무 괴롭고 힘들어서 죽기로 결심했다. 나만 없어지면 식구들이 편해질 수 있으니까. 내 고통도 끝이 나고, 모든 게 정상으로 돌아가길 바랐다.

타오는 약에서 수면제만 따로 모았다. 부모님이 외출하신 날, 꼬박 두 달 치 수면제와 집에 있던 복분자 술을 털어 넣고 마셨다. 그대로 의식을 잃었는데, 엄마가 먼저 집에 도착하여 그 상태를 보고 아부지가 119로 연락하여 병원에 실려 갔다고 한다.

결국 이상 없이 이틀 만에 깨어났다. 건강이 그렇게 악화된 환자인데도 절대로 죽지는 않으니, 공연히 부모님 혼만 빼놓고 아무 쓸모 없는 시도가 되었다.

그런데도 죽음의 유혹은 강했다. 어떤 돌파구도 없음에 절망뿐이고, 고통은 극도로 나를 괴롭히고, 죽음만이 유일하게 나를 재촉하고 있었다.

언제나 내게 맴돌던 생각들.

'지금 이 순간 죽지 않고 살아있음이 내 마음을 혼란스럽게 하는구나. 죽는 것도 너무 힘이 드는구나. 고통의 끝은 죽음뿐인데……'

내 병마가 새삼 무섭고도 나쁘단 걸 알겠다. 아프지만 않아도 훨씬 많은 걸 했을 텐데. 내가 극복할 수 있을까?

집을 나갈 때마다 아부지는 편지나 쪽지를 나에게 항상 남기신다. 외로운 나의 마음에, 조그마한 위안이라도 될까 싶어서 남긴단다. 내가 아픈 이후로 단 한 번도 내 곁을 떠나지 않으신 아버지. 오늘은 아부지의 편지에 한참을 울었다. 아부지. 아부지한테 내가 별인 것처럼 아부지도 나한테 별이야.

외로움이 컸던 내가 자주 가던 인터넷 커뮤니티에 생각하고 또 생각한 끝에 내 사연을 실명으로 공개하고 소통을 부탁했다. 그때만 해도 정신이 오락가락하여 무엇인가를 하지 않으면 금방 죽을 것만 같았다. 나의 모습부터 나의 처지 모든 게 너무도 볼품없고 나약한 존재였기에 두려움도 많았다. 한데 이게 웬일인가. 수많은 위로의 댓글이 인터넷에 올라오고, 각지에서 위로의 편지가 오기 시작했다.

이 글로는 쓸 수가 없을 정도로 가슴 벅찬 감동을 받았고, 지금까지 한 번도 느껴보지 못한 삶에 대한 갈망이 오기 시작했다. 쓰라린 고통과 번민의 나날을 견디며 살아온 나의 삶에 빛이 돌기 시작한 것이다. 나는 오랜 시간 사람들과 소통하지 않았고 오직 원망, 분노, 죽음만을 생각하며 살아왔다. 그렇게 자학하며 살아온 시간이 십 년인데 사람들의 따스한 정을 이제야 받은 것이다. 다시 살아야 할 이유가 생겼고, 살아야겠다는 신념도 생겼다. 내가 받은 그 사랑과 위로와 정을 내가 갚아야 하기 때문이다.

셀 수 없이 많은 아름다운 사람들. 그분들의 마음을 알기에 열심히 살아야 되는 것이다. 나의 병마를 잊게 해주고, 고통을 슬픔을 잊게 해주어 너무도 감사합니다. 활짝 웃는 모습으로 당당히 세상으로 나가게 해주신 아름다운 분들. 죽는 그날까지 행복하고 따뜻함을 느낄 겁니다. 우리들의 만남, 내가 먼저 하늘나라에 가드래도 영원히 간직할게요. 그리고 친구들을 위해 기도할게요.

아프고 난 후 나는 항상 혼자였다. 아부지가 일이라도 나가시는 날엔 아부지의 쪽지를 읽는 게 유일한 즐거움이었는데 요즘은 너무도 행복해졌다. 세상과의 소통 후, 내가 좋아한 훌륭한 분들의 편지도 받고, 인터넷에서 알게 된 많은 친구들의 위로와 응원의 편지들도 받게 되었다. 계속 편지를 보내준 재희씨와 수많은 친구들. 이제 죽어도 여한이 없을 만큼 고맙고 기쁘기만 하다.

나는 20대 내내 친구 하나 없이 혼자였기 때문에, 또래의 고민이나 기쁨, 슬픔을 잘 몰랐는데. 편지를 주고받으면서 많은 것을 알게 되었고 공감할 수 있었다. 나만 아픔을 겪으며 사는 줄 알았는데, 다들 나름의 상처와 아픔, 슬픔을 겪고 있다는 것을 편지를 통해 알게 되었다. 취직, 결혼, 연애 같은 것들이 내게는 좀 생소해서 실감이 안 될 때도 있지만, 많은 이들에게 그런 삶이 계속되는 것 같다. 친구들아, 고맙다. 우리 계속 연락하며 지내자.

누군가 찍어 보내준 한 장의 사진에도 눈물이 쏟아지고, 내 마음은 감동한다. 세상과의 만남이 오래되어서 그런가 보다. 세상을 등지고 살아온 세월이 꽤 되었고, 마음대로 다닐 수 없는 형편이라 병원에 가는 날은 기분이 좋아지기도 했다.

차창 밖으로 비치는 세상. 특히 성수대교를 오갈 때 반짝이는 강물에 넋을 잃었고 황홀했다. 나의 아픔도 그 순간만큼은 다 잊은 채로. 사람은 사람과의 만남이 있어야 하고, 함께 부대끼며 사는 게 행복인 것 같다. 모든 걸 다 끊고 세상과 떨어짐으로써 오는 고독과 쓸쓸함은 겪은 사람만이 안다.

아프기 전, 천방지축 살았던 그 시간들. 아무 곳이나 마음껏 다닐 수 있던 시절의 행복한 길, 그리운 세상. 오늘도 마음속에 떠올려 본다. 이제는 다른 이들을 통해서만 볼 수 있는 그 세상을.

"호빈 씨 너무 불쌍해. 교회 오면 금방 나을 텐데. 하나님 안 믿으면 지옥 가." 병원에 있을 때면 간혹 몇몇 분들이 숨쉬기도 힘든 나를 붙잡고 그런 말들을 늘어놓곤 했다. 기도해서 몸이 다 낫는 거라면 천 번 아니 만 번인들 종교를 갖지 않을 병자가 어디 있겠는가. 하지만 그들은 내 아픔은 뒷전으로 한 채 오직 교회에만 가자고 주장했다. 난 지금 내 몸 하나 움직이기 어려울 만큼 고통 속에 있는데……

나도 기도드리고 마음도 열고 평화로워지고 싶었다. 하지만 그런 말을 듣고 나면 내 마음은 더 힘들었다. 하나님은 견딜 만큼의 고통을 주신다는데 나에게 왜 이리 힘든 삶을 주신 걸까? 종교라는 것이 사실은 나 같은 사람에게 더욱 필요하지 않겠는가. 삶과 죽음을 늘 생각하는 사람들에게.

지금 나에게 하나님은 나의 가까운 곳에서 위로의 말 한마디, 위로의 편지 한 통을 보내주는 분들이다. 그 위로의 말과 편지가 나의 하나님이요, 부처님이다. 나의 죽어가는 모습도 기꺼이 껴안으며 안타까이 생각해주는 사람들, 나의 눈물을 알고 나의 고통을 조금이나마 느끼는 사람들. 내게는 그분들이 부처님이요, 하나님이다. 그리고 이 세상에 그런 분들이 더욱 많아지면 좋겠다. 내가 아니더라도 다른 병자들에게도 그럴 수 있었으면 좋겠다.

간혹 전도를 온 종교인들은 그들의 교리를 내세워 나의 어려움을 정당화시키기도 했다. 교회나 절에 안 다녀서 몸이 아프다는 식으로. 그들의 교리는 내세의 복을 위해서라는 명분으로 내 현실을 더 힘들게 했다.

가끔은 마음의 안정을 위해서 종교에 기댈 때도 있었지만, 몇몇의 나쁜 기억들 때문인지 현재까지 종교에 귀의하지 못했다. 그저 아무 대가 없이 나를 응원해 준 사람들의 행복을 바라고, 마음의 빚도 갚아드리고 싶을 뿐이다.

글을 쓰는 지금 팔과 손의 통증에 체력은 밑바닥으로 떨어지고, 머리는 왜 이리 빙빙 도는지… 하지만 막연한 꿈이 아닌 현실의 벽에 도전하고 있다. 그 목표가 멀기도 하고 힘겹겠지만, 그 꿈마저 없으면 살아갈 수 없을 것 같아서 벅찬 마음으로 글쓰기에 도전한다. 결과야 뭐가 중요하겠는가. 온 힘을 다해 진솔하게 써 보면 되는 거지.

책이 출판되면 캠핑카를 하나 구해서 아버지와 같이 그동안 가보지 못한 전국 각지를 돌아 다녀보고 싶다. 아무 데고 발길이 닿는 곳으로 자유롭게 세상을 느껴보고 싶다. 경상도, 강원도,

충청도, 전라도, 제주도 등등 다 가 보고 싶다. 그 꿈을 이루기 위해서는 꼭 책을 내야 한다. 부지런히 글을 써야지. 오늘도, 내일도, 이 목숨이 붙어 있는 한 글쓰기는 멈추지 말아야지.

밖의 세상이 그립고, 시끌벅적하게 사람들도 만나고 싶다. 내가 할 수 있는 자유다. 나의 육신은 어쩔 수 없이 마음대로 할 수 없지만, 神이 유일하게 나에게 허락한 멀쩡한 정신으로 자유와 소통을 만끽할 수 있지 않은가. 사람들이 나를 찾아오고 위로의 말을 한다. 그렇게 만남을 가진 후로 마음의 안정과 사는 보람도 조금씩 갖기 시작했다.

이제부터는 자유롭게 사람들을 만나며 살고 싶다. 내가 갈 수 있는 곳은 어디든 가 보고 싶다. 언니들이 있는 곳, 동생들이 있는 곳, 야생화가 피어있는 산야, 시원한 바다… 이 세상에 내가 가지 못할 곳이 어디 있단 말인가. 바람처럼 구름처럼 어디든 자유롭게 갈 것이다. 길이 없음 길을 만들고, 길이 있음 있는 그대로의 길로 항상 자유롭게.

내일 일찍 수술이 잡혔다. 전신 마취에 손가락 발가락 절단이라 무섭지만 지금 이대로 견디기 힘드니까. 해야 할 일을 생각하며 무섭게 회복할 테다. 참! 붕대로 감아도 신을 수 있는 신발이 생겼다, 아자!

병이 깊어져 위독해질 때면 아부지한테 부탁한다. 내가 죽으면 화장하고, 다 태워버린 나의 육신은 꼭 바람에 날려 보내라고. 물은 추울 것 같고, 한 곳에 묻어 두면 너무 답답할 것 같고, 그래서 꼭 바람에 날려주라고. 그러면 어디든지 날아서 날아서 가 볼 수 있을 테고, 만나고 싶은 사람도 만나고, 가 보고 싶은 곳도 가 볼 수 있고.

나의 육신은 아무 쓸모가 없으니 다 버리고, 단 하나 나의 눈, 그 눈을 줄 수 있다면 그 눈을 어느 누구에게 꼭 주고 싶다. 내가 하도 많이 울어서, 어쩌면 내 눈은 깨끗할 것 같다. 그래서 그 눈이 세상의 빛이 될 수만 있다면 그 얼마나 멋진 일일까.

아부지는 갑갑해하는 나를 데리고 마트에 데리고 가곤 했다. 저녁 찬거리, 간식거리 등을 구경하면서 투닥투닥 물건을 사는 게 재미있다. 혼자는 다닐 수 없는 처지다 보니 유일한 세상구경은 항상 아부지와 함께다. 아부지 짬이 날 때면 항상 같이 가서 구경도 하고, 간식을 사서 동네 공원에서 사람들 운동하는 것도 보고, 간식을 먹곤 했다.

차에 앉아서 구경하는 세상도 신기하고 즐거웠는데, 지금은 그마저도 누리지 못하고 집안에서만 사니 한심하기도 하다. 요즘은 카톡 친구들을 졸라서 사진 찍어 달라 조르면, 전국에서 보내주는 세상구경에 가슴이 너무 벅차다. 세상은 직접 보는 것이 제일이지만 나처럼 사진으로 마음으로 보는 것도 재미가 쏠쏠하다.

우주에서 보는 행성 중 초록빛 행성을 지구별이라 한단다. 어쩌면 지구인들이 살고 있는 곳이 천국일 거라고 아부지가 말씀하셨다. 아름다운 숲과 강과 호수, 바다, 나무, 지천으로 널려있는 아름다운 꽃들. 지구에는 모든 게 다 있다. 이곳이 천국이 아니고 어디가 천국일까. 그런데 나는 왜 이곳에서 행복할 수 없을까? 나는 왜 아픈 몸으로 이렇게 무수한 나날을 고통 속에서 살아야 하는가? 아마 이 지구라는 천국이 나에게는 해당되지 않는 걸까?

참으로 많은 날들을 지옥 같은 시간으로 보내고 비로소 얻은 결론은 내 마음이다. 마음속의 천국을 얻는 방법. 그 방법을 찾아야 하는 거야. 어렴풋하게나마 그 방법을 찾고자 노력한다. 옛 성자들의 수행도 생각하고, 고민하며 길을 찾아야 한다. 나의 육신의 고통으로 한계가 올 때가 많지만 어쩌겠는가? 나는 이 마음속의 천국을 찾지 않으면 안 된다. 내 마음속의 모든 걸 다 깨끗이 내려놓아야 한다. 그래야만 이 지구라는 우주별 속의 천국을 느낄 수 있을 테니까.

아부지가 말씀하셨다. 책을 읽고 글도 쓰고 마음을 다스리라고. 그땐 정말이지 아무것도 하기 싫고 하고 싶지도 않았다. 황폐한 십 년의 시간을 보내고 나니 내가 할 수 있는 일이 이것뿐이란 생각에 글을 쓰기 시작했다.

몽롱한 정신세계라 두서없지만 나의 생각, 나의 삶을 표현하고자 한다. 내 글을 읽는 사람들이 있을지 모르지만 글을 쓰고 싶다. 나로 인하여 조그마한 마음의 위로라도 받는 사람이 있다면 다행이다. 한 줄 한 줄 글을 쓰면서 나의 길을 보기 시작했다. 하고자 하는 꿈도 많아졌고 다 해보고 싶다. 그 꿈이 언제 현실이 되어 돌아올지는 모르지만 계속 도전할 것이다. 사람은 꿈이 있어야 살 수 있지 않은가. 오늘도 내일도 내가 버티며 살 수 있는 힘. 그게 나의 꿈인 글쓰기다. 오늘도 힘을 주소서.

마음을 다스리기 위해 할 수 있는 건 다 해봐도 일시적일 뿐 속 시원한 해결책은 찾을 수 없었다. 막상 시한부 판정을 받고 보니 왠지 모를 자유로움이 느껴진다. 고통스런 운명도 끝이 있구나 하는 안도감도 들고 용기도 생겼다.

내 마음을 들여다볼 수 있는 시간들. 마지막 생에 가장 하고 싶은 것이 무엇인지 생각하고 고민한다. 얼마나 더 삶이 남아 있는지 알 수 없는 상황에서 조급한 마음도 들었다. 사람들과 편지로 소통을 시작하고 짤막한 글이나마 나의 심정을 글로 표현하고, 세상 앞에 나의 모습도 내보였다. 숨어서 외롭게 쓸쓸하게 살다가는 삶은 싫어서 이렇게 큰 용기를 내었다. 죽음 앞에서 당당해지려고 노력하고 남은 삶이라도 좀 보람이 있다면 좋겠는데, 어느 때는 마음 다스리기가 정말 어려워서 그냥 죽고 싶은 마음이 많이 들곤 한다. 육신의 고통만 좀 없으면 괜찮겠는데, 나의 몸이 그걸 허락하지 않으니 말이야. 사람들로부터 편지를 받고 응원의 메시지를 받을 때는 열심히 살고 싶은데, 순간순간 나의 마음이 어찌나 어지러운지 나도 종잡을 수가 없다.

강하게 마음을 다스려야지. 사는 그날까지는 나의 못다 한 생각과 말들을 사람들에게 전해야지. 오늘도 있는 힘을 다해 다스려 본다, 나의 마음을. 하지만 참 힘들다.

서른 살. 살아있는 것도 구차스러운데, 서른 살은 정말이지 끔찍한 나이라고 생각했다. 그런데 그날이 오고야 말았다. 10년 동안 가장 두려워하던 날, 나는 시한부 판정을 받았다. 이상하다. 차라리 후련하고, 가볍고, 자유로웠다. 아예 포기하고 나니 더 이상 죽고 사는 데 매달리지 않게 된다고나 할까. 용기가 넘친다. ㅋㅋㅋ 그리고 편지 소통으로 위로를 받았다. 눈부신 서른이다.

고마운 사람들

다리 수술 직후 중환자실로 옮겨졌다. 전신마취가 풀리지 않았는데도 절단의 고통에 미칠 듯했다. 혼자여서 더 힘들었나 보다. 하루에 두 번 30분 있는 면회시간만 기다렸다. 통증에 한숨 못 자고 뜬눈으로 누워서 그 시간만을 기다리며 보냈다. 다리 전체에 깁스를 해서 무겁고 숨 막혔다. 그대로 죽기만을 간절히 바랐다. 그대로 끝인 줄 알았는데 또 이렇게 살아서 글을 쓰네.

두 다리를 절단하고 일주일이 지났다. 그 고통이 안 떠올라 다행이긴 한데, 여간 답답한 게 아니다. 앞으로 이 모습으로 적응해서 살아가야 한다. 가족들의 절대적 희생으로 이어지지 않도록 나름 최선을 다해야지. 내 운명이 원망스럽기도 하지만 이제 와서 어쩌겠어. 남은 생은 고통 없이 평안했으면.

아부지가 너무 고생하셨다. 일도 전혀 못하고 나한테만 매달려 계신다. 구차하기도 하고, 하… 살아있는 목숨 더는 아프지 말아야 식구들이 덜 고생할 텐데. 그저 살아가자, 재미있게 후회 없이 사는 거야. 아자!!

하지만… 다리에 피가 참 안 통한다. 집에 와도 영 기운이 없다. 손은 바들바들 떨리고 혼자 아무것도 못 하니 눈치만 보인다. 얼른 의족을 끼고 싶다. 그래도 여러 분들을 생각하면 힘이 난다.

퇴원하고부터 아부지는 내 간병을 도맡아 해주신다. 양치질, 세수, 몸 움직이기, 화장실 문제까지. 매끼 쌀죽에 국물까지 만들고 화장실에 안고 다니느라 허리도 상하고 하루가 넘 바쁘시다. 에구, 못난 딸! 파스에 한의원에. 이런 모습을 보니 마음이 더 무겁다. 눈물도 나고 힘들지만 그래도 병원이 아닌 게 어디야. 맘을 추슬러야지. 내가 천 년 만 년 살겠어. 언젠간 가겠지. 혼자 있으면 불안하다.

빛을 따라가다 보면 새로운 날이 온다는데, 나는 먼 훗날을 기약하기엔 불안한 상태다. 생각해 보면, 수술 전엔 아프긴 해도 다리가 멀쩡히 붙어있고, 손가락이 열 개 다 있고 혼자서 화장실도 가고 졸리면 잘 수 있었다. 그런데도 그렇게 축복받은 일상 속에서도 불만과 우울뿐이었다. 이제는 모든 게 감사하다. 작고 아담한 방에서 보이는 바깥 풍경. 간식 먹으면서 혼자 텔레비전 보고, 부모님이랑 떠들다 잠드는 오늘 하루 소중하고 감사하다. 정말로.

그저 아무렇지 않게 음식을 먹고 편안하게 몸을 움직일 수 있다면 좋겠다. 딱 이 두 가지만 지금의 내게 허락된다면 하고 싶은 것이 참 많다. 우선은 잠을 편히 자보고 화장실도 혼자 가고 빵도 실컷 먹었으면…. 병원에선 살아갈 수 없는 상태라고 했다. 그럼에도 숨 쉬고 있음에 감사해야 하는 거겠지.

병원에 다시 입원했다. 욕창이 너무 아프다. 눕기도, 앉기도 어렵다. 병원 생활만 하면 이렇게 고생이다. 얼른 낫도록 해야지. 영양제만 맞고 살다 보니 뭘 먹어도 소화가 되지를 않네. 맛난 거 많이 먹고픈데 그냥 상상만 해야 하누나. 지금 상태에서 아프면 끝이라고 아부지는 세뇌를 시키신다.

외롭다. 수년간 투병 생활을 하다 보니 이젠 삶이 지겹기만 하다. 가끔은 두 다리로 온전히 걸어나가는 그런 벅찬 꿈을 꾸다가도 이런 모습으로도 생에 집착하는가 싶어 눈치가 보이기도 한다. 긍정적 사고가 중요하다지만, 오랜 투병으로 인한 외로움과 슬픔, 끝없는 방황을 겪으며 나를 돌보는 가족들까지 황폐해지다 보니, 감히 살고 싶다고 생각할 수가 없다. 나만 생각하는 것 같아 죄스럽다. 하늘에 맡겨놓은 운명이라 두려움은 없지만 사실은 이 삶이 너무 버겁다. 이 외로움의 시간들이 나의 운명에서 언제 사라질지 모르겠지만 저 하늘의 옥황상제님 만나면 아주 신 나게 하이파이브해야지. 기쁜 마음으로. 그곳은 외로움이란 것도 없을 테니까.

부모님께 너무 죄송하다. 죄책감 가질 필요 없다고 하시지만 마음이 너무 괴롭다. 어차피 잘라버린 다리. 어서 기력을 차려서 의족을 껴야지! 살아 있는 목숨. 견디려면 강해져야지. 하늘이 나를 데려가면 모두 편해질 텐데. 그게 뜻대로 되는 것도 아니고.

솔직히 트위터 어렵다. 폰으로만 하려니 더 답답해.

배고픈데 입맛도 없다. 사람들과의 소통, 못다 한 내 꿈. 그게 어떤 치료보다 나를 버티게 할 것이다. 트위터 세상도 나 홀로 외롭겠지만, 뭐 어때. 이제까지도 그랬는데.

으쌰!! 살이 빠져서 힘이 없지만 괜찮아, 다 괜찮아!

글 쓴다고 손목이 퉁퉁 부어버렸다. 흠… 극심한 통증이 생기면 진통제로 버텨야지. 먹지 않고 붙이는 건데 효과는 잘 모르겠다. 차라리 정신을 놓고 싶다. 그편이 고통을 못 느끼니까.

나는 어떤 사람일까? 안쓰럽고, 짠하고, 무섭단다. 아프니까 안쓰럽고 짠하고 나처럼 될까 봐 무서운 건가? ㅎㅎ ……

그리고 멋진 사람이란 잘 안 믿기는 소리도 듣는다. 뭐가 멋지지? 이도 없고, 손가락도 몇 개나 잘랐고, 다리도 없는데. 그래도 어딘가 멋진 건가? ㅎㅎㅎ

눈치 보며 살기엔 시간이 없다. 사람들을 만나고 싶다. 놀러 오세요!!

카톡은 그나마 익숙해졌다. 프로필에 내 글씨 넣은 친구들이 완전 고맙다. 헷… 더워서 그런가? 머리가 하루 종일 산만해서 힘들다. 으헝! 씩씩해야지.

근데 여긴 아무도 안 오는구나. 트위터 친구는 어떻게 만드는지 모르겠다. 머리가 나빠져서 다 어렵다.

흑. 은혁이 보고 싶다. 우리 집에 왔을 때 조난당한 아이. 나를 보고 유일하게 웃어 주던 사랑하는 은혁이. 맹또는 뭐 하고 있나? 궁금해서 연락해 보고 싶지만, 부담스러울까 봐 그냥 참는다.

덥다고 머리를 빡빡 밀었다. 시원해. 어릴 적 대만에서 살던 때 사진을 보면 머리가 없는데, 그때랑 똑같아졌다. TV나 책은 집중을 못 하는데, 끈덕지게 폰을 잡고 있다. 어지럽고 귀가 왕왕거리지만, 나름 고통을 잊기 위한 방법이 이거라면 또 열심! 매달려야지. 아자!!

더위를 먹은 건지 어디가 아픈 건지 화만 나서 참을 수가 없다. 정신이 또 나갔나 보다. 마음을 잡기 위해 해야 할 일들을 정리한다. 오메, 이것들이 원인이고만. 정신이 돌아오면 편지를 쓰고, 편지가 오면 답장을 쓰기 위해 눈을 뜨고… 이젠 사람들과 만나고 싶다. 트위터를 하며 소통을 이어가고 그렇게 또 버티겠지.

나만 생각하고 마음 다스릴 시간도 부족한데, 남 걱정에 오지랖도 넓다. 스트레스받는 건 다 내쳐 버리고 눈치 보지 말자. 그렇다고 경우 없이 굴면 안 되겠지. '따뜻한 카리스마' 누군가 내게 해준 최고의 칭송이다.

어차피 '전신성 경화증'은 난치병이다. 나도 예외 없이 피부며 내부장기가 굳어버렸고, 마음이 제일 문제였다. 이러나저러나 어차피 죽는다는데 마음이나 풀어야지.

그간 감사한 소통으로 기적처럼 살아있고 마음의 안정도 찾는다. 싫어하는 것, 원하는 것, 가능한 것. 그것들이 무엇인지 정신이 없더라도 잊지는 말자!

손가락이 온통 괴사뿐이다. 휴… 춥지도 않은데 왜 이러는 거야. 이러다 또 손가락을 잘라야 하는 걸까. 숨이 턱턱 막힌다. 지금 자면 밤에 한숨도 못 자고 깨어 있어야 하는데… 할 일도 많은데 힘은 없고, 다른 사람들은 뭐 하고 사나 궁금하다.

큰 괴사로 엄지손가락에 고름이 찼다. 으형… 이걸 어쩌지. 또 병원 지옥이 그려진다. 아프다고 평생 부모님만 괴롭혔으니, 죽어도 지옥에 가려나. 살아서도 죽어서도 지옥은 못 벗어나겠고만! 날이 덥다. 숨차다.

다행스럽게 병원도 날 반기지 않는다. 나도 싫어. ㅋ

병원에서 해주는 거라곤 영양 공급, 진통제밖에 없는데 그것도 서로 미룬다. 교수님은 가끔 전화가 와서 안부를 묻는다. 호빈이 살아있느냐고. 무소식이 희소식이래요. 운명하면 연락 가겠죠, 뭐.

내 사진을 보면서도 가슴이 참 아프다. 새장에 갇힌 듯. 하지만… 병원보단 편하니까 다시 맘을 추슬러 본다. 써놓은 글 어서 컴에 옮겨야 하는데, 힘들다고 또 미루고만 있네. 마음만큼 몸이 안 따라줘. 흑.

내 이름은 호빈(淏儐).

내 이름의 배경이 된 건 옥정호수다. 맑은 호숫가로 사람들을 인도하라는 뜻을 담아서 아부지가 지어주셨다. 엄마는 원불교식으로 '효정'이라는 이름을 쓰기를 원하셨지만, 아부지는 첫 딸 이름을 지으려고 호수를 몇 바퀴나 돌며 지은 이름인 호빈을 고집하셨다.

엄마는 그 후에도 내 이름이 잘 안 쓰는 한자라서 팔자에 나쁘다고 아부지 몰래 두 번이나 이름을 받아오셨지만, 난 바꾸지 않았다. 난 아부지의 소망이 담긴 이 이름을 사랑한다. 절대 바꾸지 않을 거다.

아부지가 많이 지치셨다. 겨울부터 한시도 맘을 놓지 못하고 내 옆에만 있어야 했으니… 이번 기회에 잘 다녀오셨음 좋겠다. 돈도 벌고.

내가 어찌 살지 걱정이지만 잘 생각해봐야지. 아휴, 더워서 엄청 힘들다!

나에게 참 많은 것을 해준 친구. 사람들이 보내 준 편지들도 아껴서 다시 읽어야지. 이제 다들 일상으로 돌아간다. 나도 마음 가볍게 하고 사람들 귀찮게 말아야지. 트위터를 시작하고 만남과 소통을 부탁하고 있다고 하자 아부지는 사람들이 나를 부담스러워 할 거라고 하신다. 다들 바쁜 사람들이고… 그치만 가만히 있으면 누가 알아주는 것도 아니고 혼자 속풀이나 해야지. 휴……

혼자 움직이기도 어려운 몸과 조급하기만 한 마음. 그 균형을 맞추기 힘들다. 몸은 어쩔 수 없다 치고, 정신만 말짱해도 좋겠다.

아… 아무것도 기대하지 말자.

다시 사람들에게 실망한다는 건 정신이 좀 돌아왔다고 오만해진 거다. 좋은 인연들까지 멀리하지 않도록 경계를 해야 한다.

그나마 체력이 있을 때 일을 해야 하는데 무더운 날씨에 버겁다.

헥헥.

그래도 내게 잔소리를 해대지 않고 자유로운 선택만 허락해준다면 좋겠다. 타인이 아니라 나 자신부터 그랬다면 달라졌을까? 이제라도 깨달아서 다행이지 뭐. 솔직함을 부끄러워하지 말아야 한다. 실력, 용기, 당당함. 자유롭게 사는 길이다.

우주선 같은 산소 호흡기통. 그건 너무 거추장스럽고 산소가 들어오는 것도 힘들기만 했다. 그냥 공기가 훨 시원한데… 답답함에 괴로워 해봐야 아쉬운 건 나다. 그 치사함을 또 겪어야 하는 게 억울해도 참거나 잊어야 한다.

무엇에든 매달려야 한다. 마음의 짐을 애써 지우지 말고 온 힘을 다해 성의에 보답하고, 남은 건 목표를 뚜렷이 구체화 시키는 것.

아부지는 틈만 나면 불안하냐고 묻는다. 나도 몰랐는데 식구들이 보기엔 산만하고 정신없는 게 불안함을 잊느라 애쓰는 것으로 이해되나 보다. 무덥고 숨이 막히는데 힘들긴 하지. 휴…무모하게 치료를 중단했지만 더 이상 방도가 없는 상태라 어쩔 수 없다. 그저 고통만 없다면……

자유롭게 살 것이다. 아픈 게 뭔 죄라고 그렇게 숨어 살았는지. 당당하게! 굵고 짧게 사는 게 최고여. ㅎㅎ 마음 단단히 먹고 정신 놓지 말고.

아무것도 이루지 못하고 말만 앞선 그런 실패한 인생. 끝내 병마 앞에 패배할지라도 원 없이 마음 비워내고 내려놓고 가볍게 떠나는 자세도 나쁘진 않다. 강한 내 의지와 쓸모없는 내 몸뚱아리. 살면서도 죽음을 준비해야 하는 지금, 울지 말고 고개를 들어야 한다.

답장도 쓰고 하면서 힘든 상태를 잊어야 한다. 배도 고픈데 부모님이 결혼식장에 가셨다. 금방 올 거라고, 조금만 참으라고 신신당부를 하셨다. 나 괜찮아요. 오늘은 화내지 말아야지! 자식은 내리사랑이고 나는 환자니까 죄책감 가질 필요 없다고 하시는데, 부모님만 생각하면 미안함에 마음이 무겁다. 소나무처럼 든든한 딸이 되고 싶었는데, 업보 덩어리가 되어 10년간 불효만 저질렀다. 끝없는 원망과 분노. 누구와도 이야기하지 않고 밤마다 울부짖던 시간들……

자기 확신이 부족해 내가 어떤 사람인지 물어본다. 시간 개념도 없어 몇 시간 전도 까마득하다. 크게 위독했던 후로 머리가 가장 나빠졌다. 정신이 나갈 때가 많아졌다. 잘 못 먹으니 기력도 달리고. 장마는 이제 시작인데, 한없이 나약해진다. 그래서 간만에 받은 편지들을 곁에 두고 있다. 내게 편지를 보내는 친구들은 초미녀들인데 아픔 또한 많아서 애처롭다. 그래서 성심껏 공감하며 감사의 답장을 쓴다. 좋은 사람들과 마음을 나누는 나는 행복한 사람이다.

음식을 못 먹으니, 김밥이나 햄버거 맛은 잊어버렸다. 흑. 아
부지는 "딸! 너는 도대체 무슨 힘으로 사는지 모르겠어." 하신다.
그러게 말입니다. 과일을 아주 묽게 갈아 마신다. 맛은 좋은데 이
것도 소화가 되는 편은 아니다. 아이스크림! 그립다.

다음 세상엔 뭘로 태어날까. 인도 카스트 제도 속에 빨래하는
사람으로라도 태어나 봐. 부엌데기는 배라도 부르지. 손 시리게
평생 빨래라니.

그래도 나보단 낫겠지? 적어도 빨래를 할 수는 있으니까. 건강
할 수만 있다면…. 아냐, 그냥 현생에서 즐겁게 살다 가는 게 남
는 듯하다. 우주의 먼지라도 다시 태어나고 싶진 않다. 착하게 살
아야 한다.

휴… 뭔가 씹혀서 보니까 이가 또 빠져 있네. 자꾸 이래서 덜
컥 겁도 나는데 더 빠지면 틀니 해야지 뭐. 흑흑.

나는 이미 별이다! 언제나 넘치는 사랑 속에 있다.

또한 가난하고 외롭고 높고 쓸쓸하기도 하고……

'릴케'와 '기형도 시인', '백석 시인'이 그립다.

아파서 정신이 없는 상태에서 아부지를 붙잡고 내가 죽으면 꼭 화장시키고 어디에도 가두지 말고 바람에 날리라고 부탁했는데, 다시 살아나서 맘이 바뀌었다. 어차피 내 장기는 굳어서 쓸모가 없지만, 하도 울어서 각막은 깨끗할 거다. 내 각막이 누군가에게 빛이 될 수 있다면, 나 대신 약자를 보듬어 주기를.

치료를 포기 못 한 게 아니라 내 인생을 포기 못 한 거다. 혼자서는 아무것도 못 하면서 아등바등 사는 모습이 우습겠지만. 나도 보통 사람처럼 함께 즐기고 열정적으로 살아보고픈 거다.

걱정하는 그 마음 모르는 바는 아니지만……

거실에서 넘어졌다. 머리통이 깨지는 듯한 아픔과 바닥의 한기로 몸이 너무 추웠다. 한낮에 넘어져서 움직이지도 못한 채 얼마나 시간이 흘렀는지. 부모님이 오실 때까지 혼자서는 일어날수 없어 하염없이 울고만 있었다.

몇 시간 후 나를 본 아부지는 충격에 움직이지도 못하고, 엄마 혼자 나를 일으켜 침대에 눕혀줬다. 나는… 나는… 나는……

어제는 혼자 훌쩍거리고 있는데 귀 밝은 엄마가 바로 달려왔다. 이어서 아부지 밍기적 밍기적……

"딸, 왜 그래? 어디 아파?"

머리통을 쓰담 쓰담 해주고.

"오바마가 답장을 안 해줘."

이게 어디 정상인의 사고인가. 내가 왜 이러지?

자야 하는데 혼자 신 났다. 저녁에 몸도 씻고 기분이 좋다. 지쳐 쓰러지듯 자야 아픈 걸 모르고 잠이 든다. 사는 게 구차스럽지 않도록 최선을 다해야 한다. 가족들에게 짐스러운 죄책감을 버리고 가치 있는 존재가 되어야 한다.

잘난 것도 없는데 넘치게 사랑받는 축복받은 운명이다. 이제 내 안의 에너지를 나누는 데 집중할 것이다. 오그라들고 굳어버린 그런 손이지만 눈물 닦아줄 운동성은 남아 있으니 다행이다. 아부지가 더 피곤해지겠구만. 나는 빛나고 강한 사람이다. 난 해낼 것이다.

나는 지식이나 경험은 부족하다. 아는 것이라곤 고통, 눈물, 외로움뿐이라 같은 처지의 이들에 눈길이 갈 수밖에. 그런데 막상 그들은 나를 꺼려서 다가갈 수 없었다. 하지만 이젠 용기가 넘쳐난다. 누가 날 외면해도 끄떡없다.

비 내리고 속 쓰린 토요일 밤에.

미워하고 슬퍼하고 괴로워하고 그러질 말아야 하는데, 사람들에게는 사랑하는 일보다 고통이 많나 보다. 그래서 꿈을 꾸는지도 모르겠다.

죽음이 임박한 순간까지 꿈을 꾸는 사람, 병이 나으면 설악산에 단풍 구경 가자고 다짐하는 슬픈 풍경……

"도라지 꽃이 좋아 돌무덤으로 갔다."

백석의 〈여승〉에 나온 글귀다. 어린 딸이 죽어 돌무덤으로 가 버렸단다. 내가 죽으면 엄마는 비구니가 되고 싶단다. 머리까지 깎으면 너무 슬프니까 엄만 원불교 교당으로 가. 아부지는 히말라야를 원 없이 돌아다니다 바이칼로 넘어가고.

남은 사람 걱정하는 사람은 못 죽는다던데, 나는 어찌 되려나.

언니들이랑 주리 고모가 오신대서 머리를 빡빡 밀었다. 나름 꽃단장. 첨엔 내 얼굴이 무서워서 꺼이꺼이 울었는데, 지금은 시원~~하다. 바리깡으로 미니까 금방 하고, 아프지도 않고. 아부지가 머리 감겨주기 편하니까 기를 생각은 없다. 하하.

知音이란 서로 마음이 통하는 친한 벗을 뜻한단다. 지음이, 그냥 이름으로 불러도 예쁘다.

내겐 지음이 많다…고 믿는다. 하하 운명의 신이 나를 먼저 데려가도 내 지음들은 거문고 줄을 끊어버린 백아처럼 살지 말고, 드디어 몸에서 벗어나 자유롭게 날아다니는 '호빗'만을 생각하시길. 혼자서는 울어도 그대들 앞에선 활짝 웃던 나만 기억하시길 바랍니다.

다시 병원. 여기 응급실이 있어서 새벽에 급히 찾았는데 그새 없어지고 이름도 바뀌었다. 요양병원으로.

아직은 할머니들이 없어 나 혼자다. 계속 이러면 좋겠다. 조용히 쉴 수 있게. 아니, 몸이 안 아파야지. 계속 있으려고 생각하고 있네. 배가 고프다. 아직 죽을 때는 아닌가 보다.

내가 살아있는 이유

"나를 이 사흘 동안만이라도 볼 수 있게 해 주신 신에게 감사의 기도를 드리고 다시 영원의 암흑의 세계로 돌아가겠다."

헬렌 켈러의 말이다. 사흘 동안이라도 볼 수 있다면 그걸로 좋겠다는 의미겠지만, 솔직히 나는 다리가 전처럼 멀쩡해지면 돌아가고 싶지 않다. 이 고통을 위한 마음의 준비를 어찌 견딜까나 싶다. 막상 닥치면 하게 되겠지만 미리 생각으로 가늠하는 게 더 힘들단 말이다.

"그녀는 세상의 30세를 향해 우렁우렁한 목소리로 외친다. 30세여, 내 그대에게 말하노니 일어서서 걸으라. 30세, 그대의 뼈는 결코 부러지지 않았으니."

버지니아 울프에 관한 책에서 본 구절이다.

서른 살! 저는 다리뼈를 잘라냈습니다만, 일어나 걷겠습니다!!

인디언들의 삶 속에는 죽음에 대한 두려움이란 없다. 죽음은 삶의 일부분이며 죽을 준비가 되지 않고서는 살 수도 없다는 믿음만이 있을 뿐.

죽음을 오랜 친구처럼 편히 느끼는 자세, 멋지다.

꽃 같은 그녀들이 나를 보고 용기와 위로를 받았고 오히려 힘이 난다고, 돌아와 줘서 고맙다고, 내 인생을 끝까지 응원한다고, 보고 싶고 사랑한다고 말한다.

서로 미나지 않아도 신실한 마음 들이 통했다. 늘 함께 할 것이다. 누구도 외롭고 슬프지 않게 손 꼭 잡고 걸어가야지. 하루도 감사한 마음 잊지 말고 열심히 살아내야지.

"당신의 기적을 믿습니다. 오늘 말입니다. 아버지의 마음으로 기도합니다."

아부지의 기도다. 아부지, 아부지의 그 간절함이 나를 살렸어. 차라리 죽음만을 바라던 딸의 고통을 사라지게 해줬어. 의사들은 나를 포기했지만 아부지는 단 한 번도 딸을 놓지 않았어. 그 고마움의 깊이도 아부지는 헤아려 주겠지.

사랑해. 이렇게 눈이 떠지는 오늘도 지켜줘서 다행이야.

"아부지의 온몸을 다 부셔서 너의 몸이 제대로 된다면 지금 당장 그렇게 해줄게."

"신이시여. 우리 딸의 아픔을 거두어 주소서. 이 아비에게 우리 딸의 아픔을 다 가지게 하소서. 이 아비는 절대로 위대한 신의 기적을 다른 사람의 아픔으로 돌리지 않겠나이다."

아부지. 그런 말 마. 그런 기도도 하지 말고. 나 아부지랑 얼굴도 같고, 성격 급한 것도 닮았어. 책 보는 것도 좋아하고 입맛도 비슷했고 말야. 병원도 항상 함께 가고. 나 이제 안 아플 거야. 못난 자식이지만 정말 노력할게. 반드시!

여자뿐인 다인 병실에서 아부지 혼자 딸 간병을 하셨다. 나는 식사를 못하니 혼자 제대로 드시지도 못하고, 치료며 통증에 울기만 하는 딸은 곧 죽을 듯하고. 뜬 눈으로 밤을 지새우다 이른 새벽 일어나야 하고.

병실 간이침대에 누워 있는 아부지가 이제야 떠오른다. 지금도 내 침대 옆 바닥에서 주무시는데 정말 미안해, 아부지.

다음 달부터는 활동보조인이 몇 시간씩 나를 돌봐준다. 화장실 가는 것, 몸 씻는 것, 식사와 간식 챙겨주기, 팔다리 주무르고 운동시키기, 상처 소독하고 드레싱 하기. 이 모든 것을 아부지 혼자 해오셨구나. 조금이나마 자유로워지시고, 짐을 내려놓으시길……

아부지 마음이라도 힘들지 않게 딸은 울지 않고 달라지겠습니다.

주리 고모가 오셨다. 아부지가 차려준 저녁 식사 중 복분자주
가 넘 맛나다며 오래도록 드셨다. ㅋㅋ 전문작가 아니니까 맘 가
는 대로 글 쓰라고, 건강이 더 중요하다고 하셨다. 꾸준히 글 쓰
는 습관을 가져야겠다. 어제 집에서 주무시고 아직 안 가셨는데
옆에서 컴하신다.

예쁜 사슴 그림. 이불 속에 있는 게 지금 나랑 똑같네. 집에
와서 움직임 없이 먹기만 했더니 살이 쪘나 보다. 소화가 안 돼서
찹쌀죽 한 끼만 먹는데도 우유나 간식을 먹어서 그런가? 기력이
돌아오면 의족할 힘도 생기니까!

올해를 잊지도 버리지도 말고 내년을 위한 힘으로 바꿀 테다.
사람들 덕분에 신기하게도 아픔과 눈물 전부 잊었다. 두 발로 다
시 걸을 것이다. 내 사랑하는 사람들을 위해 피눈물을 쏟을 각
오가 되어 있다. 그들의 희생과 응원, 기도가 결코 헛되지 않도
록 일어서야지. 그것이 마음에 진 빚이라도 갚는 길이다. 시련도
금방 지나가니까 참아야지!

아부지는 "아부지가 열심히 해서 호빈이 병을 나을 수 있도록 노력해볼게. 죗값을 아부지 스스로 다 갚아야지. 죽는 날까지 갚아볼게."라고 하신다. 아부지는 당신의 능력이 부족해서 내가 아프다고 믿고 계신다. 아부지는 평생 성실하고 정직하셨는데, 내가 번번이 아부지의 앞길을 막았다.

아부지. 우리 서로 미안해 말고 마음 단단히 먹고 이 현실을 이겨내자!

새해다. 아침에 눈 떠보니 눈이 펑펑 오고 있다. 칼바람에 나뭇가지도 흔들리고, 요즘 유행한다는 썰매 끌고 가는 애들도 보인다. 바깥 구경하는 나를 아부지는 빤히 쳐다보신다. 평소엔 게슴츠레해도 멀리 보고 있는 눈빛이 슬프단다.

"아무 생각 없는데 청승맞잖아!"

이러고 마음을 숨기지만 아부지가 내 마음을 모르겠나. 서로 슬퍼하지 말자니깐.

새해 인사를 많이 받았는데 그 중 현빈 같은 남친 만나라는 말, 신선하고 좋았다. 그런데 가족들은 모두 반대다. 건강했으면 결혼 적령기지만 아부지 닮은 내가 조신하게 살림을 하겠나. 어디 쏘다니고 있겠지.

아픈 걸 떠나서 언제나 자유로운 영혼임엔 틀림없다. 동생이라도 결혼했으면 좋겠다. 동생, 귀찮게 안 할 테니 걱정은 말어.

거울을 보면 마음이 약해져서 내 모습을 객관적으로 알고 싶지 않다. 짠하고 안쓰럽고 불쌍해하는 마음들까지 모르는 것은 아니지만, 그런 내게 희망과 용기를 얻었다는 말을 들었을 때 정말 기뻤다.

혼자서는 아무것도 못 해도 내게 뭔가 쓸모가 있다면 그 하나만으로도 힘이 난다. 이렇게 살아 있고 앞으로 지낼 날들이 슬프지 않다. 괜시리 뿌듯해서 마음도 훨훨 가볍다.

작은 방으로 옮기고 두 달 만에 바깥 구경했다. 햇살이 눈 부시다.

혼자 잠은 자도 화장실을 못 가니 오밤중에도 아부지가 와야 하지만 불안하거나 무섭지는 않다. 새해엔 속 덜 쓰리고 깊은 잠 들고, 꾸준히 몸 움직여주고 부모님 힘들지 않게 웃는 모습 보여주고, 무엇보다 입원하지 않기!

치유의 길을 가려면 정직해야 함은 물론이고 상황을 있는 그대로 기꺼이 인정할 수 있어야 한다. 실수, 오기, 분노, 고통까지 마주할 수 있는 용기가 필요하다.

주어진 현실에 순응하는 건 할 수 있겠는데, 어려움에 눈물 흘리지 않고 강해지려면 어찌해야 하나 생각하다 독하게 참는 것 밖에는 안 떠올라 웃었다.

어제 받은 한 통의 편지. 귀한 인연 고맙고 존재 자체만으로도 소중하고 빛난다는 말에 감격스러우면서도 내 자신이 부끄럽기도 했다.

평범하고 나약하고 또래보다 오래 크게 아팠을 뿐 다를 바 없는 나인데, 그 모든 것을 극복하고 이겨내고자 하는 모습을 순수하게 바라봐준 그대가 더 고맙고 귀한 인연입니다.

추운데 건강 조심하시길 바라요.

내가 아픈 건 조상들 묘자리 탓이라고 이장을 해야 한다는 말도 부모님은 그저 딸을 위해 들어주셨다. 나는 싫다고 날뛰었지만 부모님은 그렇게 지푸라기라도 잡는 심정이셨나 보다. 굿판은 안 벌여서 다행이다.

나 참. 온갖 약부터 치료법까지 내게는 돈 벌려는 수작이 보이는데도, 알면서도 한 줄기 희망 때문에 이리저리 당하기만 하는 부모님을 그때는 이해할 수 없어 오기만 부렸다. 돌이켜 보면 철없고 생각 짧은 내가 참 부끄럽다.

나와 같은 병마에 시달리는 나보다 젊은 아기엄마는 매일 카톡으로 일상을 주고받는 친구다.

올해 서로의 목표를 '입원 안 하기'로 잡았다. 하루 종일 침대에서 지내는 우리 마음을 토닥이고 감싸주고 털어놓고 공감한다.

그녀는 천성이 착하고 극복의지도 있다. 전신성 경화증은 젊을수록 병이 급속히 진전된다. 젊기에 더 아파야 했던 우리들. 희망이 안 보여도 살아남아야 할 이유 알잖아요.

슬퍼하지 말아요.

내게 손가락 열 개가 있다면 좋겠다. 아냐! 절단한 손가락은 다행히도 왼손이라 편지 쓰는 데 상관없잖아.

내게 두 발이 있다면 좋겠다. 아냐! 의족을 해서라도 다시 걸을 테다! 발가락이 있어도 괴사들 때문에 어차피 못 걷는데 뭘!

내게 치아가 멀쩡하다면 좋겠다. 괜찮아! 이가 다 빠지면 틀니해 버릴 거야.

딱히 슬플 이유는 없는데, 좀 기다리면 되는데, 급한 성격 탓에 조급해서 힘이 든 걸까. 하하

"자유로운 사람은 죽음을 생각하지 않는다. 그의 지혜로운 사념의 주제는 죽음에 대해서가 아니라 삶에 대해서다."

스피노자의 말이다. 나는 죽는 거나 사는 거나 별생각 없이 똑같던데. 자유롭고 가볍고 신 나게 살란다. 철학자들은 하여튼 말을 어렵게 한다니까.

재미도 없고 두껍기만 한 책들.

다리가 짧다 보니 누워서도 중심 잡기가 어렵다. 전혀 몰랐었는데 옆으로 누우면 다리가 위로 붕 떠 버린다. 첨엔 이러고 어찌 잠을 자나 싶더만 졸리면 세상 모르게 잠든다. 피가 안 통해서 그렇지. 똑바로 누우면 꼬리뼈에 난 욕창 때문에 아프다. 잠만 들면 되니까 그다지 신경 안 쓰는 편이다. 가려움만 좀 가라앉아도 좋겠는데.

활동 보조인이 오셨다. 아줌마가 봉사활동도 자주 하시고 간병일 하다 오셨단다.

다른 건 힘들 게 없는데, 화장실 가는 방법이 복잡하다. 휠체어로 이동하고 나를 앞으로 안고 들어 올리고 내린다. 어제 한 번 넘어져서 수술한 곳이 좀 아프다. 처음이라 요령이 없어서 그랬겠지. 얘기도 하고 청소도 해주신다. 나를 부르는 호칭에 빵 터졌다.

"미스신!"

아부지 아닌 다른 사람이 돌봐주는 게 참 오랜만이다. 언젠가 입원했을 때 간병인을 불렀는데 처음이라 아줌마한테 좀 휘둘렸다. 몸은 아프고 부모님이랑 떨어져 낯선 사람과 있으니 어찌나 서럽던지. 그 아줌마는 영 센스가 없었다. 이번 분은 좋은 편이다. 솔직히 아부지가 제일 편하지만 나도 자립심을 길러야지. 아부지가 편해지려면 찡찡대지 말고 강하게!

몸을 다 씻고 아줌마랑 집 구경을 했다. 휠체어로 화장실만 다녔는데 이제야 다른 곳을 가 볼 여유가 생긴 듯. 우리 집 거실인데, 이게 몇 달 만이여. 반년 만에 보는 거실 밖 풍경이 새삼 눈부셨다.

비가 오는데도. 안방, 작은방을 둘러보고 내 방으로 도착. 여기만 따뜻하다. 봄이 되면 밖에 나가자! 그런 희망이 오늘 하루를 버티게 한다.

일찍 누워도 새벽 두 시는 넘겨야 겨우 잠이 드는데, 불편한 속 때문에 눕지도 못하고 앉아서 졸다가 잠에 빠진다. 아플 때마다 아부지가 달려와 똑바로 앉히고 약을 먹여주신다. 많이 힘들어하면 건너가지 않고 한쪽에서 주무시기도 한다. 나 때문에 깊은 잠을 못 자서 미안하지만, 아부지가 옆에 있으면 모든 고통이 사라진다. 울 나이팅게일 아부지!!

유머라는 것은 비극적인 것에 대해서 비극적으로 얘기하는 것을 거부하는 것이다.

한때 슬픔에 빠져 있었다. 지옥 불구덩이 같은 시간에서 빠져나오기까지. 곁의 사람들이 짐을 덜어주었다. 이젠 장난도 치고 웃으며 많이 편해졌다. 원래 난 정말 웃긴 애였으니까. 뜬금없고 주책없는 걸 부끄러워하지 않았던. 그때로 돌아간 듯 편하게 살아보자. 인생 뭐 있다고.

박경리 작가 추모 글을 읽다가 눈물이 왕창 쏟아졌다. 남겨진 작가의 마음이 슬펐고, 떠날 준비를 해두는 젊은 내가 서러워졌나 보다. 그런 우울한 생각이 나에겐 필요하다. 숨 막히는 일상을 견디려면 남겨진 사람들을 떠올리고 가기 전에 그들을 위해 최선을 다해야 한다. 늦게 깨달으면 큰일 나니까 항상 죽음과 오늘을 연관시킨다.

아부지한테 메일 한 통을 받았다. 사람에겐 내공이 중요한데 딸에게 내공의 힘이 느껴진다고, 사람들에게 꿈과 희망을 줄 수 있는 소박한 삶을 이뤄 보자고, 딸의 능력과 힘을 믿고 있고, 늘 자랑스럽다고, 파이팅! 이라고 해주셨다.

세상의 인정보다 아부지의 칭찬이 가슴 벅차다. 처절한 일상과 내 전부를 알면서도 내게 주는 확신!

아부지, 감사합니다!

병원 있을 때 변변찮은 반찬으로 바닥에서 대충 식사하던 아부지 모습이 아프게 남아있는데 오늘 또 대충 챙겨 먹고 나가는 모습을 보니 이걸 어찌 표현해야 하나. 밥은커녕 물도 못 마시고 힘없이 누워서 바라보고 있는 딸이 짠해서 밥을 먹어도 맛을 모르실 테지. 에휴. 서로 마음 아프지 말자고 해놓고 나는 또 이렇게 청승을 떨고 있네.

몸통을 팔딱팔딱하며 일어나려고 해봐도 쉽지 않다. 다리는 가볍고 상체는 무거우니까 균형이 안 맞는다. 음… 팔꿈치가 아물어야 거길 딛고 일어날 텐데. 운동을 열심히 하고 싶은 맘에 시간당 열 번씩 팔딱팔딱! 하루 동안 꽤나 움직인다! 무리하다 아플까 봐 힘들면 다섯 번만 하고. 배, 허벅지에 근육이 붙었음 좋겠다.

밤에 속이 편했고 욕창도 거의 아물었다. 그럼에도 편히 눕지 못했다. 이젠 머리 아프고 숨쉬기 힘들다.

하이고. 가만히 보니 몸 아픈 것보다 내 의식이 문제였다. 누우면 무기력해지고 몸이 굳어버릴까 겁나서 움직임 없어도 앉아 있고 심심하니까 무언가에 빠져 지내는 게 오랜 습관이 되었다. 피곤하게 사는 스타일 난 좋은데 몸이 문제야.

텔레비전을 보는데 원주민들이 홀딱 벗고 나온다. 사실 부끄러운 걸로 따지면 내가 더한다. 환자라는 처지를 비참하게 할 수 있는 육체적 무능함이 그렇다. 부모님이나 간병인 앞에선 괜찮은데 다른 사람들에겐 보이고 싶지 않다. 어찌 보면 당연한 건데 처음엔 쓸데없이 신경 쓴다고 타박을 들었다.

그래도 싫은 걸 어찌 참아! 피해 주는 거 아니니까 그거라도 내 맘대로 할 거야!

힐링의 시대를 살면서 뭐가 상처고 힐링인지 모르겠다. 상처라 하면 육신의 고통밖에는 안 떠오르는데, 이건 스스로 참지 못한다. 필요한 건 마약성 진통제들뿐인데 어찌 '상처에 직면으로 마주쳐'야 힐링이 된다는 건지 모르겠다.

경험의 틀을 못 벗어나는 한정된 사고로 화를 내는 내가 못마땅하다. 이놈의 트라우마는 언제쯤 사라질는지.

나는 이 세상에 고통만큼 사람들로 하여금 서로 쉽게 소통하도록 해주는 것은 없을 거라고 생각한다. 세상과 소통하고 싶어 나도 내 고통을 알렸다. 그냥 지나치는 사람도 있고 혹시나 상처받을까 쉽게 다가오지 못하는 사람도 있고, 기꺼이 응원하고 격려해준 많은 사람들도 있었다. 그들과의 소통의 공감대로 고통을 이겨낼 수 있었고 지금도 그렇다.

호빈아. 우리 호빈이. 빈아. 호빈 씨. 호빈 누나. 호빈 이모. 호빈 언니. 미스 신. 호빈 자매님. 호빈 횅. 딸. 신또치. 호빗.

나를 부르는 호칭들이다. 하나하나 애정이 듬뿍 담겨 있어 듣기 좋다. 특이한 이름도 맘에 든다. 얼마 전엔 한 외간 남자가 내 이름을 불러 줘서 그 남자를 무작정 좋아하기로 했다. 저 이렇게 쉬운 여자랍니다. 요즘은 또치가 사랑스럽다. 하하

병원에 입원해서 간절히 원했던 것은 지독한 통증에서 벗어나
는 것과 집에 있고 싶다는 것이었다. 그리고 지금은 그토록 원하
던 생활을 하고 있다.

요즘 느끼는 것은 힘든 시기에도 행복할 때가 잠깐은 있고, 편
해져도 답답하고 힘든 건 여전하다는 것이다. 그건 그냥 마음먹
기에 달린 건 아닌 것 같다. 그저 뭐든 시간이 지나봐야 아는 건
가 보다. '계속 다리가 있었으면'이라고 생각하지만, 다리가 있다
면 뭐가 좋을까. 요즘은 다리가 없는 대신 고통도 없다. 그저 바
라는 건 아부지라도 편하게 있는 거 그거 하나다.

호스피스 병동에 다녀온 개그맨이 나오는 프로를 봤다. 나와
비슷한 처지, 나 같은 얼굴들.

사람들도 나를 저런 시선으로 바라볼까? 불쌍해서 눈물이 날
까? 사실 난 꽤나 밝고 웃긴 사람인데. 사람들 속에 있으면 그냥
똑같은 사람이다. 환자라는 걸 까먹고 나내다 아플 때도 있지만.

짠! 오늘 또 머리를 밀었다. 빡빡. 빡빡. 머리털이 좀 있어야 더 또치스러운데……

아부지 바리깡 다루는 솜씨가 늘었다. 퇴원 석 달 만에 건강이 부쩍 좋아졌다. 약도 안 먹고, 군것질도 잘하고, 아픈 곳도 크게 없고, 살도 찌고 있다. 화를 안 내서 그런가. 아무튼 기분이 좋다.

동생은 내 다리와 빠져버린 치아를 보고 말을 잇지 못했다. 우리 둘 다 가슴이 먹먹했지만, 괜히 초콜릿 안 사왔다고 짜증을 내면서 그런 분위기를 깼다. 이 녀석은 밥 한 공기 먹고 들어가더니 스무 시간도 넘게 주무시네? 아침에 출근한 엄마는 아직까지 아들 얼굴도 못 봤단다.

온 가족이 모여 앉은 오붓한 저녁 식사는 늘 그렇듯 상상일 뿐.

능력이나 처지가 마땅치 않은데도 나는 하고 싶은 일이 왜 이렇게 많은 걸까. 하나라도 제대로 끝내야지.

이번에 책 나와서 아부지가 염원하던 작가 타이틀을 떡 하니 보여 드리고 싶다. 헤헤 얼마나 뿌듯하고 좋아하실까. 눈만 감고 있어도 귀신같이 내가 아픈 걸 알아채는 울 아부지. 평소엔 눈썰미 없고 손 느리다고 엄마한테 늘 구박받는 아부진데.

다리가 무릎까지밖에 없는 일급 장애인. 손가락은 8개나 있지만 별로 쓸모없음. 희귀성 난치병 환자, 시한부 인생.

거창한 내 스펙이다. 치아도 없고, 머리털도 없네.

이 화려함을 그냥 묵힐 순 없지. 하하하 못 하는 건 도움 좀 받아야지. 거절당한다고 쭈그릴 나도 아니고! 다리는 없지만 힘차게 인생 걸어가렵니다. 하하하 실없이 웃으면서!

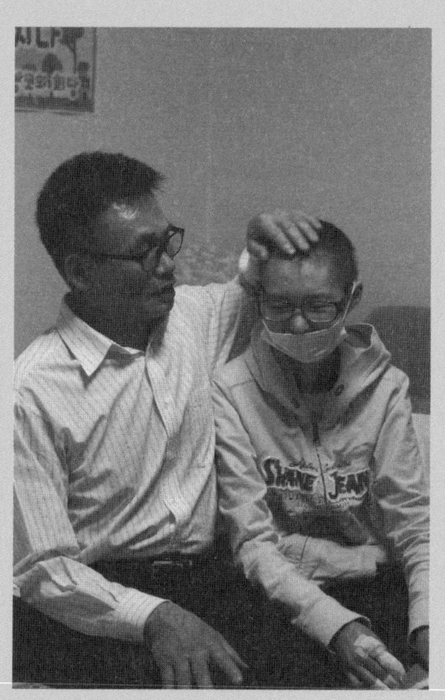

2장

아빠의 마음

이 장은 호빈이의 발병 이후, 10여 년간 딸을 직접 돌봐 온 호빈이의 아버지 신태균 님의 글을 모은 장입니다.

두 발을 절단하기 전 호빈이의 키는 175cm로 발병 당시에는 체격이 좋은 편이었기에 160cm가 안 되는 어머니가 돌보기에는 너무 버거웠습니다.

경피증은 지금도 희귀병이지만 당시에는 병명조차 알려지지 않아, 호빈이의 부모님은 쓰러진 딸을 데리고 이 병원 저 병원을 돌며 입원과 퇴원을 거듭해야 했습니다.

그렇게 10여 년의 세월이 흐르고, 어머니는 호빈이의 치료비로 인해 불어만 가는 빚과 가족의 생계를 위해 밖에 나가 일을 하고, 아버지는 호빈이의 입퇴원과 간병을 맡아 온종일 딸을 돌보는 역할 분담이 이루어졌습니다.

호빈이의 아버지는 가장 가까이에서 호빈이를 돌보며 느꼈던 끓어오르는 아픔과 슬픔을 때때로 글로 남겼습니다. 사랑하는 딸이 어느 날 갑자기 쓰러져 점점 죽어가는 것을 본다는 것. 그 감정을 어찌 말로 다 표현할 수 있을까요. 그저 아버지의 글을 통해 그 아픔을 짐작해볼 뿐이겠지요.

나는 호빈이의 아부지

죽음의 고통. 당신은 그 경지를 체험하셨나요?

살을 불로 태우는 아픔과 고통.

나는 딸 앞에서 그 고통의 숨소리를 듣고 있습니다.

저는 아무것도 해줄 수가 없습니다.

울며불며 괴로워하는 딸의 모습을 바라볼 뿐, 무기력하기만 합니다.

이 세상에 많은 아픔과 고통이 있겠지만, 몸이 아픈 것에 비하겠습니까.

질병은 어떤 신이 창조한 것인가요.

참 인정 한 점 없는 사악한 신이군요.

어느 누가 인생은 고뇌라 했는데, 그건 정신적 고뇌겠지요.

부서져 내리는 육신의 아픔이란 정말로 큽니다.

육신의 고통이 거세질수록 정신마저 온전할 수 없지요.

그래도 숨 쉬고 있는 동안. 그저 인내할 뿐입니다.

오늘 밤만이라도, 그 무시무시한 아픔의 신이 우리 딸에게 오지 않기를 기도합니다.

기도합니다. 기도합니다.

히포크라테스의 명언을 알지 못한다 해도 의사라는 신분은 사람의 목숨을 이어주고, 고통을 치유해 주는 사람이다. 그렇다면 기본적으로 환자의 아픔과 고통 마음의 상처를 어루만져 주어야 하는 마음이 있어야 하지 않을까.

그런데도 현실의 벽은 너무도 동떨어져 있다. 몇몇이 환자를 대하는 태도를 보면 환자가 무슨 죄인이나 하인인 양 생각하는 듯하다. 의사의 고압적 태도 앞에서 환자나 가족은 최대한 저자세를 취하며 혹시나 환자를 잘못되게 하지나 않을까 하는 조바심에 마음 졸여야 한다. 이것이 현새 '대한민국 대형 병원'의 현수소다. 돈을 내고도 항상 고개 숙여 부탁해야 하고, 저자세를 취하지 않는 한 불이익을 받는 것은 자명하다. 최고의 두뇌로 어려운 시험을 통과하여 의사가 된 마당이니, 권위를 세우고 싶고 자존심을 세우고 싶고, 내가 최고라는 자만심을 갖는 것인지.

물론 진정한 의사로서 사명감을 가지고 환자를 치료하는 훌륭한 의사들도 많을 것이다. 그분들의 양심과 노고는 우리가 알고 있다. 그러나 우리의 슬픈 현실은 아직도 그런 훌륭한 분이 많지 않다는 것이다. 저 사랑을 베풀고 간 슈바이처 박사가 너무도 그립고 보고 싶다.

이것은 나만의 바람은 아닐 것이다. 이 나라의 환자 가족이라면 누구나 가진 바람일 것이다. 진정 그런 의사들은 없단 말인가. 이 무력한 아비는 그저 분노밖에 할 수 없단 말인가.

사랑하는 딸을 위한 詩

마음속에 크나큰 아픔과 슬픔을 알지 못하는 자, 희망을 말하지 마라.

자신이 체험하고 있는 죽음의 고통을 아는 자만이 희망의 가치를 말할 수 있다.

우리는 죽음과 삶의 갈림길에서 헤매지만 오늘도 숨을 쉬며 살아 있지 않은가.

오로지 살고자 하는 바람 때문만이 아니라, 고귀한 생명의 끈이 있기에 우리는 악착같이 살아야 한다.

현재 우리의 처지가 너무도 초라하고 슬프지만, 사랑하는 사람들이 있고 간곡한 그들의 기도가 있기에 다시 힘을 내고 고통을 이기는 것이다.

하늘을 볼 수 있고 땅을 볼 수 있고 아름다운 꽃도 지금은 볼 수 있지 아니한가.

애절한 우리의 마음이 저 하늘 위까지 다다라 하찮은 기쁨을 우리에게 주더라도, 오늘 눈물 흘리며 애타는 마음으로 가자.

神의 마음이 우리 마음에 닿을 때까지……

신도 무정하시지. 젊은 시절 내내 그 숱한 육신의 고통과 슬픔을 주신 것도 모자랐는지 너에게 또 참을 수 없는 고통을 안기는구나. 숱한 나날을 고통 속에 보냈어도 이 수술만은 안 하려고 했는데, 가혹한 신의 부름으로 수술을 하게 되는구나.

네 곁에서 고통을 같이 하며 많은 날을 보냈지만, 너의 그 고통을 아비인 나도 같이할 수 없고, 느낄 수 없구나. 그러나 너에게서 단 하나 느낄 수 있는 것은 네가 차라리 죽음을 원한다는 것이다.

삶보다 죽음을 원하는 그 아픔과 고통을 감히 알 수 있을까만 그 고통을 감내하는 너의 모습이 너무도 안타깝고 안쓰럽구

나. 어찌 이런 가혹한 운명이 우리에게 오는고.

정령 신은 인간을 위해 존재하는가. 그 의문을 오늘도 생각한다. 너의 고통스러워하는 모습을 바라보며.

오랜만에 호빈이를 데리고 밖에 나왔다. 그동안 거의 외출이 없었던지라. 먼 곳까지는 갈 수 없는 처지고 동네 이곳저곳을 돌아다니며 바람을 쐬다, 공원에도 가고, 조금 먼 안쪽까지 가서 사진도 찍는다.

오늘은 한결 기분도 상쾌하다. 호빈이도 오늘은 아픔의 고통을 잊고 즐거워하는 모습이 참 보기 좋다. 자주 이런 짬을 만들면 되는데, 호빈이가 너무도 힘들어해서 그럴 수 없었다.

꽃도 보고 풀도 보고 좋아하는 호빈이가 안쓰럽다. 오늘만이라도 기분 좋은 하루가 되었으면 한다. 봄이 오면 여름이 오고, 여름이 오면 가을이 오고. 자연의 이치는 변함이 없는 것. 그 오묘한 어떤 힘처럼, 너의 병이 깨끗이 치유되는 그날이 빨리 왔으면 한다.

오늘만이라도 다 잊어버리자. 그저 자연의 아름다움을 만끽하고 좋으면 되는 거지.

저 활짝 핀 꽃들이 참 아름답구나.

일주일에 한 번 열리는 동네 장날이다. 호빈이와 함께 구경이나 하기 위해 나갔다. 생활에 필요한 것은 거의 다 있다. 뻥튀기, 오뎅, 야채, 과일 등등 모처럼 구경도 하고 물건도 샀다. 호빈이 기분이 좋아졌다. 사람은 사람과 어울리며 살아야 해. 그 속에서 기쁨도 찾고 세상 사는 이치도 알고.

애석하게도 호빈이는 그런 생활을 할 수 없다. 저는 얼마나 힘든 생활일꼬. 사람과 사람이 싸우고 즐거워하고 그렇게 사는 것이 삶인데… 아부지의 마음은 오늘도 너무도 우울하다. 하지만 가끔이라도 이렇게 나와서 사람 사는 걸 보면 되겠지.

오늘 산 물건들 가지고 가서 맛있는 음식이나 만들어 보자.

우리 식구들 기분이 좋겠다. 오늘은……

호빈이가 입원한 지 일주일이 지났다. 호빈이의 고통은 점점 더 심해지고, 도저히 참을 수 없는 지경인데도 병원에서는 이렇다 할 조치도 취하지 않는다. 오늘은 강하게 항의를 해서, 저녁 시간에 수술시간이 잡혔다.

병원이란 곳은 정말이지 모든 게 돈, 돈으로밖에는 보이지 않나 보다. 환자의 상태는 뒷전이고. 하지만 내가 울분을 토하면 뭐 할꼬. 우리에게 더 불리한 상황만이 돌아올 뿐인데. 참아야지. 참아야지. 참아야지.

수술시간이 되어 모든 서류에 사인을 하고, 수술실로 들어가는 호빈이를 보면서 말할 수 없이 걱정이 되었다. 의사 선생님 말로는 발가락 절단이라 큰 걱정은 안 해도 된단다. 그래도 전신 마취라서 걱정이 멈추지 않았다.

한참 후에 담당 선생님이 나와서 아직은 아가씨라 발가락을 최대한 조금만 절단하려 했는데 괴사가 안으로 심해서 두 개를 해야 한다고 말했다. 그런 거 따질 계제도 아니고, 우선은 아프지 않아야 하니까 무조건 잘해달라고 부탁을 하고 기다리는데, 수술을 다 마치고 상당한 시간이 지났음에도 호빈이가 깨어나지 않았다. 점점 초조해지고 걱정이 심해지는데, 겨우 회복이 되었다. 처음에는 많이 고통스러워 했지만. 그래도 수술이 잘되어 다행이란 생각이 들었다.

호빈아. 오늘 아부지도 엄마도 온종일 많이 아팠다. 너의 고통에 비할 바는 아니지마는… 이제는 아픈 고통이 없었으면 좋겠다. 어찌 가혹한 神은 너에게 이러한 엄청난 고통을 안겨주는가.

참 많은 날들을 호빈이는 잠도 자지 못하고 고통스러워했다. 인간의 힘으로는 어쩔 수 없는 무지함으로 발가락이 썩어들어가는 것도 모르고 발톱을 빼고 별 약을 다 써 봐도 고통이 가시지를 않았다. 이제 수술로 그 고통은 멈추었지만 또 언제 어디서 그 고통이 시작될까.

호빈아. 네가 너무도 안쓰럽고 대견하다. 그 큰 고통을 인내하며 울며불며했던 날들이 너무도 미안하고. 아부지가 무지하여 할 말이 없다.

육신의 고통이 얼마나 참기 힘들고 어려운 것인지 그 고통을 직접 겪어 보지 않은 사람은 알 수가 없다. 이제는 고통이 심하면 무조건 병원에 가자. 먼저 그 고통을 잠재우고 다음에 생각을 해야지.

호빈아. 이제부터는 참지 말고 빨리 얘기해. 너의 고통은 참는다고 되는 일이 아니야. 참 알 수 없는 병이로다.

신에게.

세상에서 억울한 일을 당하는 사람이 어디 하나둘 일고. 무엇이 정의이고 법인지 모르겠다. 그렇지만 사람이 사는 사회라는 테두리는 최소한의 법도와 예의가 있어야 하는 법. 이러한 정의가 자꾸만 사라져 감에 마음이 서글퍼진다. 나라 안은 혼란스럽고, 사람들의 메마른 양심은 하늘을 치솟는구나. 그래도 하루를 살아야 하고, 이 사회에서 나도 숨을 쉬어야 되는 것을.

선현들의 글을 빌려 당신의 말과 뜻을 되새기며 오늘만이라도 위안을 찾고 싶다. 지난 세월이 너무도 아쉽고 억울하지만, 나의 능력이 그것뿐이었고, 그것이 나에게 준 당신의 길이었겠지. 불만스럽고 원망해도 소용없는 당신이 정해준 길… 현재 나의 길이 이러할진대, 그리하여 내가 불평을 하고 있는데, 하물며 우리 딸 호빈이는 당신에게 무엇이라 말할까. 잠깐의 세월을 빼면 거의 대부분의 삶을 너무도 큰 고통 속에서 보내고 있어. 그래도 당신은 눈 하나 깜짝하지 않고 묵묵부답이네.

나에게 내린 형벌은 정말이지 무엇이든 다 참고 견디겠어. 그런데 어린 저 아이에게 내린 형벌은 좀 심한 것 같아. 저 아이의 길은 너무나 가혹해. 지금이라도 그 길을 나에게 옮겨 주오. 아이가 활기차게 살아가는 모습이 정말로 보고 싶어. 당신의 선택

다시 한 번 생각해 주오.

아비의 간절한 소망이오.

아침부터 호빈이가 머리가 많이 아파 힘들어한다. 얼마나 힘이 들꼬. 무어라 위로의 말을 해야 하는데, 막상 말을 하려면 할 말이 없어지곤 한다. 손은 점점 더 일그러지고 얼굴은 갈수록 창백해져서 나의 마음을 아프게만 한다. 참 자식이 무엇인지, 무엇인가를 많이 해주고 싶은데 그럴 수도 없고, 점점 더 희망을 잃어가고, 울고 지내는 날들이 많아진다.

전들 얼마나 힘들고 고통스러울꼬. 당하지 않은 사람은 절대로 알 수 없겠지. 자신의 병이 불치병이라는 것이 얼마나 고통스럽고 혹독할 것인가. 어떻게 살아갈 힘이 생길 것인가. 내가 딸한테 해줄 수 있는 말이란 "우리 최선을 다해보자" 그 말 뿐이다. 속만 상한다. 화가 난다. 딸의 얼굴을 볼 때마다 뭔지 모르는 괴로움과 슬픔이 엄습하고 나도 나를 주체하지 못한다.

불쌍한 것, 불쌍한 것. 이 삶을 어찌해야 하나. 오늘 神이 계시면 우리에게 힘을 주소서.

세상일 쉬운 게 있을까. 항상 무거운 짐수레를 끌어도 끌어도 짐은 덜어지지 않는 것, 아마도 그것이 인생인가보다. 호빈이가 아프면서 나도 많은 것을 생각한다. 부족한 삶이었지만, 그런대로 자신감 있게 살았는데 지금은 너무도 무겁고 힘이 든다. 마음도 지치고 몸도 지친다. 다른 사람이 세 끼의 식사를 할 때, 나는 두 끼의 식사만 하더라도 좋다고, 그래도 감사해야 한다고 자꾸 다짐한다. 비우는 삶을 살자고.

하지만 그 또한 너무도 어려워 도로아미타불이 되기 일쑤다. 그래도 자꾸 시도해야지. 그래서 마음이 편해진다면 되는 거니까. 그 길이 멀더라도 한번 해보자. 그 경지에 도달하면 조금은 우리의 마음이 편해질 것 같아서, 오늘도 비우는 삶을 생각한다. 마음을 비우는 삶을.

지금 이대로라도 내 곁에

저 몽골의 초원에서 자유를 음미하는 것. 인간은 본래 자유를 갈구하는가. 가장 원초적인 인간의 심성에서 그 자유는 오는 것인가. 그 원초적인 자유가 그리운 것이 나의 마음일진대, 그 길은 저 멀리 있네. 지금 나는 흙탕물 속에서 살아가노니, 어찌 자유를 말하나. 어찌 행복을 찾을 수 있을까. 아아 신이시여. 이 가련한 찢겨진 영혼을 감싸주오. 오늘도 신의 길을 찾아 헤매는구나.

호빈이의 생일이다. 호빈이의 어린 시절이 하나하나 머리를 스친다. 어렵고 힘든 일도 많았고, 기쁘고 행복한 날들도 있었지만 오늘 나의 마음은 매우 쓸쓸하다. 아이의 아프디아픈, 애처로운 눈길이 아른거린다. 항상 슬픔에 젖은 모습이 마음을 아프게 한다. 내가 더 긍정적으로 살아야 하는데, 오늘은 마음을 잡을 수가 없다.

완전히 백지상태로 돌아가고 싶고, 할 수만 있다면 모든 우리의 삶을 되돌려버리고 싶다. 가슴으로 이 현실을 받아들이고 싶지가 않다. 우리 딸이 건강한 시절의 모습으로 돌아갈 수 있다면 참 좋으련만. 무엇이든 잘 먹고, 떼쓰고, 떠들고, 아부지를 힘들게 해도, 그 시절로 돌아가고 싶다.

딸아. 너의 생일에 아부지 마음은 왜 이렇게 우울할까. 아무리 기쁨을 찾으려 해도 쉽지가 않구나.

아침에 호빈이가 배가 아프다고 해서 많이 놀랐다. 어젯밤에 음식을 많이 먹은 건가. 요즘은 컨디션이 좋았는데 걱정이다. 약국에서 받은 약으로 조금 다스려 놓았는데, 종일 아무것도 먹지 못했다.

그러는 와중에 호빈이가 산 디지털카메라가 도착했다. 기능이 복잡하지만 잘 활용하면 좋은 사진을 만들 수 있을 것 같다. 호빈이가 혼자 할 수 있는 좋은 취미가 될 것 같아 좋다. 호빈이가 병마와 싸우는 모습을 볼 때마다 자신을 반성도 하고 뒤돌아보기도 하고, 그럴 때마다 후회의 삶이 밀물처럼 밀려오지만 지금 이 순간 내가 할 수 있는 일이 없어 마음만 아프다.

호빈이 엄마는 오늘도 바쁜가 보다. 항상 미안하지만 제대로 표현해주지는 못한다. 마음으로 전달하는 것 외에는. 가족을 소중하게 생각하며, 우리 가족이 무탈하게 잘 생활했으면 좋겠다.

사랑하는 호빈아. 그 힘든 병 저 멀리로 가버려서 몸이 전처럼 건강해지기를, 그 어떤 기적이 우리에게 갑자기 오기를 오늘도 기도한단다.

이 불쌍한 영혼을 보듬어 주소서. 더 맑은 마음이 영혼 속으로 올 수 있도록 길을 주소서.

神이시여.

호빈이가 요즘 기분이 많이 좋아져 정말로 감사하고 고맙다. 삶의 의지를 확인하고 무엇인가 희망을 품는다는 것, 그것이 삶이 아니겠는가.

요즘 호빈이를 보면서 나도 삶의 기분을 느끼고 산다. 지난 오 년을 집안에서만 생활한 호빈이가 힘들어하고 괴로워하고 삶의 의지마저 꺾어버린 적이 얼마나 많았던가. 그런 호빈이가 새로운 희망을 가지고 생활하고 있으니 아버지로서 너무도 고맙다. 아직도 많은 어려움이 있지만, 병원에 갔다 온 후 마음이 바뀌었으니 요즘 같은 긍정적인 마음으로 생활하다 보면 우리 호빈이 몸이 좋아질 것만 같다.

호빈아.

그래도 너와 내가 살아있음으로 인해 기쁨이 있구나. 소통하는 사람이 하나도 없더라도 삶은 살 수 있는 거야. 무엇이 참된 삶의 가치인지는 모르지만, 가족이 함께 있다는 것. 그것이 행복이 아닌가.

호빈아. 하루를 무엇인가 하면서 살고 있다는 것. 그것이 중요한 거야. 거창한 일이 아닐지라도.

저 하늘에는 정말 천사가 있는가. 아름답고 활기찬 자연이 있는가. 이 혼탁한 영혼을 감쌀 수 있는 사랑이 있는가. 오로지 갈고 다듬는 대장장이의 마음으로 갈고 닦아보자. 아무것도 없더라도 갈고 닦아보자. 너와 내가 할 수 있는 것이 있다는 것에 감사하며.

아침부터 많은 비가 오고 있다. 남쪽 지방에서는 강풍이 불며 비 피해가 많은 것 같다. 어젯밤에 좋은 꿈이 있었으니, 오늘은 좋은 일만 있을 것이라 생각하며 일해야지. 세상을 긍정적으로 생각하며 사는 것이 얼마나 중요한가. 삶이란 한번 밖에 올 수 없는 것. 되도록이면 좋은 일로 살아가야지. 어느 누구에게도 원망 사지 않고, 미움 질시 받지 말고, 고고하게 가는 마음으로, 사랑하는 마음으로… 쉬운 삶은 아니겠지만 부단히 가야지.

삶은 항상 공평치 않다. 좋은 마음이든 나쁜 마음이든 어려서부터 좋은 일을 많이 해야 한다고 생각해왔지만, 한 사람에게 너무도 긴 고통과 슬픔만을 주면 견뎌 낼 수 있을까? 호빈이가 또 많이 힘들어한다. 육신의 고통과 정신의 고통이 시작되는구나. 비가 오고 날씨가 춥기도 하고.

상하이에 있는 아들한테 전화가 왔다. 전화를 자주 하지 않는

녀석인데 누나한테 안부도 전하고 그렇게 커가는구나. 그래. 열심히 공부해서 불우한 사람들을 위해서 많은 일을 하거라.

이 세상에 사람으로 존재하면서 많은 사람에게 기쁨을 줄 수 있는 사람이 되어야 하는데, 그것이 어디 쉬운가. 내 아들이 그러한 사람으로 훌륭하게 컸으면 좋겠다. 우리 가족을 많이 사랑하고 생각하고, 특히나 아픈 누나는 특별히 많이 생각해 주는 그런 사람이.

사랑하는 호빈아. 가족 모두가 너를 많이 사랑한다.

그러니 힘을 내거라. 오늘도……

아이를 데리고 병원에 갈 때마다 느끼는 것이지만, 참 아픈 사람이 많은 것 같다. 왜 이렇게 아픈 사람들이 많을꼬. 우리도 병원을 오래 다니고 있고, 그 일이 계속 반복되는데도 호빈이는 그렇게 좋아지지 않는 것 같다. 힘들게 병원에 가서 오래 기다려도 의사의 처방을 받는 시간은 불과 2~3분에 그친다. 그래도 고맙다는 말을 남기고 한 줄기 빛이라도 보려고 우리는 계속하여 병원에 가야 한다.

매번 생각하는 일이지만 우리는 언제쯤이면 병원에 오지 않아도 될까. 하지만 호빈이의 깡마른 얼굴을 보면 그 생각은 사라진다. 우리에게는 너무도 힘이 들고 거친 여정이 되겠지만, 끝까지 우리 호빈이를 포기하지 않고 깨끗하게 낫게 해주고 싶다. 그리고 그런 날이 우리에게 올 것이라 믿는다. 그러면 병원도 지겹지 않고 편한 곳이라 생각할 수 있을 거야. 오늘도 우리는 병원을 가고 또 내일도 병원에 가겠지.

어느 때부턴가 호빈이의 생활이 바뀌었다. 밤에 무엇인가 하며 시간을 보내고 낮에는 잠을 자는 생활로 시간을 보낸다. 마음대로 나다닐 수 없는 세월이 근 5년이라 답답하고 힘겨워 그런가 보다. 그래도 아프지 않고 생활할 수만 있다면 감사한 마음이다. 무엇을 하든지 아픔을 잊고 자기의 생활을 하는 것은 다행이다.

번민의 나날을 어찌 글로 표현할 수 있을까. 그 마음이 얼마나 아팠을까. 자신에게 닥친 병과의 투쟁에서 무엇인가 조그마한 빛이라도 보여야 하는데 호빈이는 모든 사항이 절망적이어서 더 힘들고 참기 어려운 것이다. 그래도 무엇인가를 하며 자신의 삶을 살고 있음에 아부지로서는 다행이라 생각이 든다. 사람의 운명이 어찌 마음먹은 대로만 될 수 있을까. 너도 인내하고, 아부지도 인내하며 보내야지.

오늘 밤도 너의 안타까운 생활을 보면서 눈물이 나는구나.

호빈이가 요즘은 컨디션이 괜찮은 것 같아서 내 기분도 좋다. 요즘 나의 생활은 호빈이의 기분에 따라 좌우된다. 어느 때부턴가 그렇게 되어 버렸다. 자식의 아픔은 나의 아픔이라 영원히 그 끈은 끊을 수 없을 것 같다. 자식과의 질긴 인연을 생각하며.

3장

아부지와 딸

　이 장은 호빈이와 호빈이의 아버지가 주고받은 메일을 모아 실은 장입니다.

　병마가 준 육체적, 정신적 고통 속에서 '아부지'는 호빈이를 잡아주는 강한 끈이고 채찍이었습니다. 부녀는 때로 신을 원망하기도 하고, 스스로를 자책하기도 합니다. 그러나 변함없는 사랑 속에서 부녀는 서로를 붙들고 아픔을 승화해 갑니다. '아부지'라고 쓰고 '사랑'이라고 읽는 것. 그것이 이 부녀의 살아가는 모습입니다.

아부지라 쓰고 사랑이라 읽습니다

아부지.

나 어릴 땐 차가 없어서 항상 날 업고 다니셨는데, 커서는 휠체어를 씽씽 밀어주시네. 이젠 휠체어마저도 탈 수 없으니, 흠… 캠핑카 타고 전국 일주하고 싶어. 하하 엄마는 안 따라가신다네.

아부지… 딸이 먼저 떠나더라도 아부지 꼭 찾아와. 아부지가 먼저 가도 딸이 찾아갈 테니까. 아부지, 힘들고 고생스럽게만 한 딸이 뭐가 예쁘다고 찾을까. 그래, 그곳에서는 편하게 쉬는 거야. 나는 구천을 떠돌아도 뼛속까지 박힌 아부지 얼굴 안 까먹고 다시 찾아갈게. 항상 지켜줄게.

딸아.

하루를 보람 있게 보낼 수 없어도 무엇인가 할 일을 찾는 게 중요하다. 우리 딸이 그런대로 잘하고 지내니 한결 마음이 가볍다.

병원이란 곳이 어디 편하기야 하겠느냐만 그래도 치료해야 되니까 참아야 해. 먹는 것도 마음대로 먹을 수 없고 불편하겠지만 방법을 잘 찾아봐.

너만 생각하면 속상하고 마음이 아파서 엄마 아부지는 눈물만 난다. 그렇게 건강하고 자랑스럽던 우리 딸이 병원에서 이런 수모를 겪고 있다니 너무너무 가슴이 아파. 그래도 울지 말아야지. 우리 딸이 당당히 치료도 하고 잘하고 있는데.

그리고 돈 걱정하지 마. 사고 싶은 거 다 사. 엄마 아부지는 일 끝내고 너를 보러 가는 것이 유일한 낙이야. 전혀 불편하지 않아. 걱정 마. 우리 가족 모두 항상 너만 생각하며 산다. 그러니까 부지런히 치료하고 아프지 마라.

아부지 마음속에 네가 얼마나 소중하고 큰지 나중에 알게 될 거야. 이 세상 부모들이 다 똑같다, 자식을 위하는 것은. 하물며 아픈 너는 너더욱 그렇지.

언제 어디서든 가족이라는 그 소중함을 잘 알아야 해.

그리고 너는 아부지의 가장 소중한 딸이라는 걸.

아부지.

집에 와서 머리 감겨 줘. 알로에 주스도 먹고 싶은데 병마개를 혼자 못 따겠어. 김치 냉장고에 있는 포도 주스도 못 먹잖아. 아부지, 나 감자도 먹고 싶어. 저 마카로니랑 강냉이도 먹고 싶어. 내일 삼풍장인데 팔까?

딸아.

사람이 먹고 싶은 것도 못 먹는 그 심정, 그걸 어떻게 말로 할 수 있겠니. 먹으면 토하고 또 토하고 도대체 왜 그러는 거야.

너는 먹고 싶다는데 먹을 수가 없으니 왜 이렇게 마음이 아픈지. 사람이 살려면 먹는 게 우선인데, 너는 그것조차 마음대로 할 수가 없구나.

그래 내일은 먹고 싶은 거 그냥 먹어 보자. 토하면 토하는 대로 먹지 뭐. 아부지가 다 사갈게. 기다려, 딸.

아부지.

오늘은 늦게 글을 써. 새벽에 일찍 일어났는데 이것저것 정리하고, 아침에 공부도 했어. 그래도 머리가 아플 때까진 안 해. 건강이 제일 중요하니까. 이 병이 나을 수 있는 병도 아니고 길게 보고 가야 하는 거 잊지 않고 있어. 참, 방금 원근이 전화 왔어. 춥지 않게 지내고, 밥 잘 먹고, 운동 열심히 하래서 알았다고 했어. 내가 누난데 꼭 오빠처럼 굴어.

딸에게.

왜 그렇게 일찍 일어나니? 잠도 충분히 자라고 그러니까. 건강이 중요잖아. 병원비 걱정, 돈벌이 걱정 너무 하지 마. 20일경에 용돈도 줄게. 먹고 싶은 거 다 사 먹어. 돈 생각은 하지 말고. 저녁에 필요한 거 가지고 갈게. 힘든 병원생활 잘하고 있어 마음이 놓인다. 우리 딸.

아부지.

병원생활에 큰 불만은 없지만 짜증 나는 일이 생기기도 해.
빨리 잊고 내 할 일만 하자고 마음먹었어. 꽁해 있음 나만 손해
잖아. 간병인 아줌마도 심하게 구는 게 싫지만 그냥 적당히 못
들은 척하려고 해.

어제도 복도 끝 의자에서 과자 먹는다고 시끄럽다고 뭐라 하
는데 그냥 못 들은 척했어. 제대로 먹을 수도 없는데, 병실에서도
아니고 복도까지 나갔는데도 과자 하나 먹는 것도 못 하게 하니
까 너무 서러웠어. 나도 계속 참지만은 않을 거야. 환자가 간병인
눈치 보는 거 이상하잖아. 나만 생각하고 이기적인 건지도 모르
지만 지금은 내가 가장 중요하니까. 모든 사람에게 다 착할 필요
없잖아.

그래도 날마다 찾아와주는 엄마 아부지가 있어서 든든해. 내
당당함의 원천이잖아. 엄마 아부지가 원근이랑 나를 자랑스러워
할 수 있게 열심히 살고 잘할게. 그럼 이따 봐.

우리 딸.
잘 적응하고 생활하는 거 대견하구나.
아줌마들이 뭐라고 하든 신경 쓰지 말고 하고 싶은 대로 해.

배고프면 침대에서 그냥 먹어. 너는 환자니까 상관없어. 그냥 당당하게 먹어도 돼. 이것저것 눈치 보면 스트레스 쌓이고, 그러다 보면 병도 더 악화되고 적응하기 어려워진다.

그 간병인들이 배려를 모르는 사람들이야. 돈 벌려고 한국에 온 사람들이라 그런가. 너한테 뭐라 하면 엄마나 아부지한테 얘기해. 아부지가 가만 안 둘 거야. 우리 딸이 병원에서 생활하는 것도 억울하고 침통한데 그런 스트레스 받으면 안 되지.

오늘 필요한 거 퇴근할 때 다 사갈게.

아부지도 몸이 많이 좋아졌으니까 내 걱정은 안 해도 돼. 너만 잘 있으면 돼.

나에게 한결같은 아부지.

아부지가 보내주는 메일을 읽으면 언제나 눈물이 나.

아부지. 한없이 고맙고 미안해. 맨날 투정부리고 화내고, 상처도 참 많이 주었지. 아부지한테 의존해서 살아가면서도 순간순간 아부지의 사랑을 잊어버리곤 해.

이 세상에 나와서 아부지한테 아무것도 해준 것 없이 살아온 세월인데, 그 숱한 어려움 속에서도 우리를 지켜주고 감싸 안고. 내가 투쟁한 병마와도 항상 옆에서 같이 있었지. 아부지가 나의 옆에 없었음 내가 지금까지 살아 있을까? 그러지 못했을 것 같아.

아부지. 사랑하고 영원히 고마워.

딸아.

힘든 병원 생활이지만 항상 좋은 마음으로 생활하렴. 우리 딸이 병원에 있으니까 아부지 마음이 항상 걸려. 집에서도 그렇고. 병원에 있어도 그렇고.

원근이만 대학원 졸업하면 우리 좋은 곳에 가서 살자. 아부지 돈도 많이 벌고, 너도 학교 다시 가면 좋겠다고 말했지? 그래. 사람이 꿈이 있고 희망이 있어야지. 우리 딸 그런 애틋한 마음에 눈물이 나네.

우리 딸, 자꾸 건강해져서 복학도 하고 친구도 만나고 그랬으면 좋겠다. 일상의 아픔도 슬픔도 자신과의 싸움에서 이겨야 해. 우리 딸은 강인하니까 잘 이겨 낼 거야.

그리고 다른 사람들 말에 상처받지 마라. 어떤 때는 바보처럼 살며 바보처럼 행동하는 거. 그것이 나에게는 기쁨이 되거든. 날마다 그럴 순 없지만 그런 것도 필요할 수 있어.

우리 딸, 파이팅.

호빈아.

한창 생기발랄하고 활기차게 떠들 나이인데 너는 그것마저 할 수가 없구나.

오늘 너의 편지 읽고 아부지 마음에 눈물이 마르지 않네. 너와 아부지 운명이 사나워서 육신의 고통과 아픔이 끊이지 않는가 보다. 아마 아부지 업보가 큰가 봐. 업보가 쌓이고 쌓여 아부지한테 와야 할 것이 너한테로 간 거야. 불쌍한 너한테.

오늘도 너와 아부지 가슴속에 슬픔만 쌓이는구나.

거지 같은 우리네 인생이다.

아부지.

술 좀 고만 마셔. 날마다 술 먹으면 어떡해.

딸은 순대랑 튀김이 먹고 싶은데. 떡볶이도 먹고 싶어. 어차피 못 먹겠지만.

미안하다 딸아.

아부지가 요즘 정신이 없는가보다. 너의 아픔을 뒤로 한 채 술만 퍼마시고.

미안해. 딸. 지금부터 정신 차리고 잘할게. 우리 생활이 많이 힘들어서 아부지가 길을 잃은 모양이다. 정신을 차려야지 하면서도 순간적으로 잊어버리네.

아부지.

이 병원은 저녁 6시면 취침 모드로 불을 다 꺼버려. 저녁이 되면 왜 이리 우울하고 답답한지, 아부지만 생각나. 그리고 눈물이 나. 아부지… 아부지… 이번에 도서관에서 빌려 온 책도 거의 다 읽었어. 더 빌려다 볼까? 아부지 병이 얼른 나았으면 좋겠어. 보고 싶어.

딸에게.

왜 그렇게 일찍 불을 끈다니? 너무 일찍 불을 끄네. 힘들고 아프고 어려워도 우리 가족이 항상 너의 옆에 있는 것 알지? 아부지는 단 1초도 너를 잊지 않아. 우리 딸……

오늘 눈도 많이 오고 스산해서 마음이 더욱 우울하고 그런가 보네. 딸이 보낸 단 한 줄의 글이라도 아부지는 볼 때마다 마음이 한없이 아프고 네가 너무 불쌍해. 주변은 너무 신경 쓰지 마. 네가 병원에 있는 것은 아파서야. 넌 아파서 병원에 간 사람이야.

그런데 뭘 그리 신경을 많이 쓰니. 네가 마음이 너무 소심하고, 다른 사람도 많이 생각하는 아이였으니까 그런 건 알지만, 지금은 그게 아니야.

아부지 마음이 더 아파진다. 너 때문에… 뭘 마음대로 먹을 수도 없고, 배는 고프고. 너무도 안타까운 우리의 참기 힘든 현실이다.

아부지는 걱정하지 마. 금방 좋아질 거야. 금방 나아서 병원에 갈게.

아부지.

밖을 보니 눈이 많이 쌓였던데 날씨는 안 춥나 모르겠네. 엄마 출근할 때 조심히 운전하라고 해.

어제 8시 좀 넘어서 잤더니 3시에 일어났어. 9시 넘어서 자야 6시쯤 일어나는데. 사람들이 저녁 먹고 바로 잠들더니 또 일어나서 떠들고 드라마 보더라구. 그러니까 저녁에 너무 일찍 오지 말고 7시 반까지 와. 좀 있음 원근이도 올 거고.

참 호두과자 사줘서 고마워. 나는 눈치 보인다면서 내 하고 싶은 거 다 하는 듯. 새벽에 혼자 일어나서 불 켜고 우유 먹고. 앞에 간병인 아줌마가 잠을 잘 못 자던데 먹을 것 좀 드려야지 뭐.

나는 혼자 바빠. 날마다 할 일이 있고, 먹고 싶은 게 있고, 물어볼 것도 많아.

걸을 때 허리 통증이 심해서 치료 좀 받아야겠어. 한쪽으로만 치우쳐서 그런가 봐. 어제 물리치료 받았는데, 선생님은 약을 먹으라고 하네.

현재 먹는 약이 너무 많고 약이라고 해봐야 진통제라서 다른 쪽으로 치료받아야겠어. 근데 선생님은 고집이 센 듯.

와, 옆에서 할머니가 신 나게 코를 골아. 잘 때는 몰랐는데 엄청나네. 코 고는 소리……

호빈아.

되도록이면 좋은 생각만 많이 해라. 그것도 인생의 큰 노하우다.

너무 이것저것 생각 많이 하지 마. 그게 너의 큰 단점이야.

우리 딸에게 신의 가호가 있기를……

아부지.

나 아프지 않았을 땐 뭐든 잘 먹어서 엄마가 살찔까 봐 눈칠 줘도 더 먹으려고 했었지. 그땐 왜 그리 먹고 싶은 게 많았는지. 근데 지금도 음식 그림 보면 똑같아. 다 먹고 싶고 다 먹을 수 있을 것 같아. 그치만 현실은… 치아도 없고, 음식은 넘길 수 없고, 그래도 이 목숨 지탱하려고 아부지랑 식사를 하는데 아부지는 늘 안타까워하시지. 라면이 먹고 싶어도 면은 아부지가 다 먹어주고, 난 국물 몇 모금. 그럴 때면 안타까워하시는 아부지 모습에 너무 속이 상하고 서러워. 먹는 게 즐거워야 하는데 우리한테 고통이고 안타까움뿐이잖아.

아부지. 아부지의 쓰린 마음 알고 있어요. 우린 언제나 즐거운 식사를 할까요.

딸에게.

우리 딸이 감기에 걸리다니. 오랜만에 밖에 나간 게 잘못됐나 보다. 기분전환도 하고, 신선한 바람도 쐬고 그러려고 했는데 더 안 좋아져 버렸네. 너의 봄 상태기 적응이 잘 안 되는가 보다. 조심해야 되겠어. 건강도 잘 체크해야 되고. 따뜻한 걸 조금씩 먹어 보고 푹 쉬어라. 컨디션 좀 좋아지면 조금씩 움직여 보자.

아부지.

나 눈만 뜨면 답답하고, 화가 나서 못 견디겠어. 머리도 무겁고 몸도 무겁고. 가슴이 제일 답답해서 못 살겠어. 그래도 약도 먹고 청소도 하고, 이것저것 챙겨 먹고 할게. 아부지 투정부려서 미안해……

딸!

화내지 말고 참아. 네가 아픈 만큼 아부지도 너무 아파.

아부지도 화내서 미안. 좀 더 참아야 하는데, 아부지도 잘 안 된다.

우리가 이 현실을 망각하고 살아갈 수는 없잖아. 그냥 살아가야지. 고통의 그늘이 끝이 없고, 슬픔의 날들이 배로 늘어가지만 그래도 살아가야지 어쩌겠니.

"아무리 절망적인 상황에서도, 도저히 피할 수 없는 운명과 마주칠 때에도, 삶의 의미를 찾을 수 있다는 사실을 잊어서는 안 된다. 그 잠재력은 한 개인의 비극을 승리로 만들고 곤경을 인간적 성취로 바꾸어 놓기 때문이다. 왜 살아야 하는지 아는 사람은 그 어떤 상황도 견딜 수 있다."

독일의 시인 철학자 니체가 한 말이다.

우리 딸.

아우슈비츠 수용소에는 인간성이란 단어가 없었단다. 배고픔과 죽음과 절망과 시련뿐이었지. 다른 사람을 배려한다는 것은 사치였고, 양심이란 단어는 머릿속에 있을 수 없었어. 오로지 오늘 하루를 살아남아야 한다는 것 외에는. 그저 숨 쉬고 있다는 것에 만족하고, 시체의 옷을 벗겨 입고 추위를 모면하고, 수프가 있다면 죽은 사람들의 시체 속에서도 아무 생각 없이 먹는 것에 만족하고. 그것이야말로 삶의 의지였을 거다. 인간은 극한의 상황에 부딪치면 그 상황에 적응하는 거다.

호빈아.

우리의 삶이 힘들지만 그 수용소의 삶에 비할 수 있겠느냐. 항상 희망과 의지를 가져보자. 기적은 우리가 만들어야 일어난다고 생각한다. 무엇을 두려워할 필요도. 무엇을 걱정할 필요도 없다. 우리에게 주어진 삶 자체를 살아가면 되는 거야.

죽음 앞에서도 의연하게.

아부지.

입안이 많이 헐어서 뭘 못 먹겠어. 약 먹고 텔레비전 보려구.

날씨 더운데 아부지 건강 조심해. 내가 꼬장 부려서 속상하지? 그냥 내버려두면 괜찮아지니까 너무 걱정 마.

아부지… 아부지… 울 아부지. 난 아부지 없었음 죽었을 거야.

아부지.

우리 돈 많이 벌어서 여행도 가고, 시골에 가서 살자.

우리 딸 호빈아.

요즘 너한테 마음이 많이 쓰인다. 어지럽고 힘들어하는 너의 모습 때문에.

그래도 한 자 한 자 글을 쓰는 너의 모습, 이 세상에서 제일 아름다울 거야.

아부지의 간절한 소망. 오늘 우리 딸이 잘 먹을 수 있게 해주소서.

고생 많은 울 아부지.

아부지를 꼭 닮은 딸이 아부지 마음을 헤아려 봤어. 마음의 상처도 슬픔도 너무 많이 간직하고 사는 아부지, 미안해.

딸은 욕심도 많고 성공하고 싶었고 남한테 폐 끼치는 것도 싫어하던 그런 애였어. 근데 현실은 시궁창이고 어지러워 어떤 답도 안 나와. 아부지는 우리만 그러나 남들도 사는 게 다 그렇지, 다 인생이 알면서도 속고 사는 거지 그렇게 말하지. 그래, 기대할 것도 달라질 것도 없이 그냥 살다 가는 건지도 몰라.

아부지. 나는 다음 세상엔 안 태어나고 싶다. 억겁의 세월이 흘러도, 먼지 같은 거라도 다시는 이 세상에 태어나고 싶지 않다. 이런 삶은 다시 살고 싶지 않아.

딸…

아직도 너에게 눈물이 남아있었나. 왜 너에게는 이렇게 눈물이 많을꼬. 이 세상에 와서 하고 싶은 일도 많았을 텐데. 평범한 일상 한번 못 누리고 살아온 날들. 오로지 방안에서, 아니면 병원에서 그 많은 날들을 보냈지.

수많은 육신의 고통과 마음의 상처. 그 어려운 고비를 다 넘기고, 그러면서도 가족을 생각하고, 아부지를 염려하고 살아온 너의 모습이 오늘따라 아프게 다가온다.

　길을 걸으면서, 지하철에서 젊은이를 보면 눈물을 삼키곤 한다.

　너의 눈물, 한없이 나오는 너의 눈물, 그 눈물이 언제나 멎
을꼬.

저 하늘의 별이 되자

호빈아.

오늘 병원에서 치료했는데, 괴사 난 손발이 조금씩 호전이 되어 정말 다행이다. 병 자체가 어딘가에 상처가 나면 치료가 잘 안 되는 것 같아. 예방이 최선이야. 오늘 보니 그래도 참고 기다린 효과가 있네. 책도 읽고 글도 써보고, 텔레비전도 보고, 그렇게 마음의 평정을 찾아서 무엇인가 해보는 거야. 몸의 고통과 아픔도 무슨 일엔가 몰두하다 보면 자연히 잊어버리기도 하거든. 너의 생활을 잘 만들어 보고 그대로 실천하는 거야.

하루하루를 원망하고 화를 내고 자신을 학대하는 거, 지금 상황에서 어쩔 수 없는 일이지만 그 마음을 추슬러야 해. 네가 감당하기에는 너무도 벅찬 상대인데 어쩌겠니. 이 현실의 벽은…죽을 힘을 다해 찾고 또 찾아야지. 너의 생활을……

아부지는 너의 모든 것을 다 도와주고 싶다. 너의 손과 발이 되어서. 너에게는 힘든 일이고 어려운 일이지만 꼭 찾아서 가야 해.

우둔한 아부지가 너에게 간곡히 전한다.

지금 이 순간에도 우리는 허망한 것에 둘러싸여 있다. 무엇을 남에게 보여주고자 힘쓰지 말자. 우리의 더러워진 마음을 항상 청소하고, 갈고 닦아야 한다.

그 숱한 고비도, 고통도 넘었고 이제 남은 것이 없지 않니. 고통은 사람을 참 청정하게 만드는 최고의 명약이야. 우리가 사는 이 세상이, 너무도 어지럽고 악취가 나지만, 그 속에서 숨 쉬는 것에 감사하면서 우리 스스로의 고통을 사랑하는 그 심오한 경지를 어떻게든 만들어보자. 오늘도 거르고 걸러서, 내일도 또 걸러서, 맑고 투명한 생명의 눈물이 나올 때까지……

우리는 이미 남이 누릴 수 있는 것은 누릴 수 없어.

오직 '마음' 그것만이 우리가 살아가는 이유이고 방법이야. 훗날에 우리에게 아무것도 남아있지 않더라도 모든 것을 다 내려놓아 버리자.

딸에게.

사물을 바라보는 눈이 좀 특이하기도 하고, 자신의 생각을 유려하고 아름다운 필치로 나타내는 것. 사람들의 마음을 움직이고 동감하게 하고, 글쓴이의 마음과 일맥상통하는 그런 마음이 되게 하는 것. 그렇게 글을 쓸 수 있으면 참 좋지. 그리고 짜내는 생각보다는 흐르는 물처럼 슬슬 흘러나오는 말들로, 자신의 삶과 세계관을 알려줄 수 있어야 한다. 또 모든 사람들의 고통을 함께 나눌 수 있는 그런 마음이 어떤 직관에 의해서 줄줄이 나와서 사람들을 흥분시키고 무엇인가 모를 동질감을 갖게 만들어야 한다.

아부지 생각에는 옛 선현들의 글속에서 그 무엇을 찾아야 하고, 잘 찾아서 그 글들을 다 같이 기분 좋게 공유할 수 있으면 좋은 글이 될 수 있지 않을까? 그러려면 꾸준히 책을 보고 읽고 써야지. 인생에서 중요한 것은 자기 길을 가는 것인데, 많은 사람들이 자기 길을 갈 수 있는가. 아마도 그런 사람은 많지는 않을 거야. 이것저것에 시달리고 엉키면서 사는 게 인생이라 어쩔 수 없지 뭐.

아부지도, 딸도 어린아이처럼 새롭게 배우면서 글을 써보자. 그렇게 같이 써보자. 항상 생각하지만, 하고 나면 부족하고 또 부족하고 그렇구나. 그래도 열심히 하자. 글을 쓰기로 했으니까.

딸아.

80년대 초반이었지. 촌놈이 무모한 꿈을 안고, 한 번도 본 적이 없는 비행기를 타러 김포공항엘 갔어.

그때는 지금처럼 여행이 자유롭지 못한 때여서 특별한 볼일이 있었던 사람들만 비행기를 타고 외국에 가던 때라 공항에는 사람들이 많지 않았던 것 같아. 정신없이 사람들이 하는 대로 수속을 마치고 비행기를 타러 갔는데, 어떤 비행기를 타야 하는지 도통 알 수가 없는 거야. 비행기가 여러 대여서.

몇 번 게이트라고 티켓에 쓰여 있는데, 촌놈이 그걸 어찌 알아. 그냥 들어가면 타는 줄 알았지. 그래서 가만히 의자에만 앉아 있자니 불안하고, 하는 수 없이 어떤 사람에게 물어보니까 티켓을 보자는 거야. 그러더니 나한테 시간이 거의 다 되었는데 뭘 하냐면서 친절하게도 비행기 타는 문까지 데려다 줘서 간신히 비행기를 탔지.

제일 늦게 타서 보니까 사람들이 다 앉아 있어서 내 의자는 없는 것 같고. 정신이 없어서 좌석 번호가 있는 것도 몰랐어. 서서 가야 하나보다 생각하면서 통로에 서 있는데 스튜어디스 아가씨가 오더니 왜 의자에 가서 앉지 않느냐 물었어. 난 그냥 서서 가겠다고 말했지. 그 아가씨 얼마나 황당했겠어? 이 사람 정신이 멀쩡한 사람이 아닌가 보다 했겠지. 결국 아가씨가 좌석을 잘 찾아줘서 앉았지만, 너무도 황당한 사건이었다.

처음 탄 비행기라 한껏 마음이 부풀었는데, 촌놈이어서 그런지 비행기가 움직이면서부터 머리가 빙빙 돌기 시작하더라고. 한참 있다 보니 몸이 붕 뜨는 기분 있지? 괜찮았어. 그런데 몇 분지나 또 아무 소리도 안 들리는 거야. 고도적응이 되지 않아서 두 귀가 막혀 버린 거야. 수난의 2시간 비행이었지.

이 얘기는 너한테 처음 한 거야.

창피해서 엄마한테도 안 했다.

아부지의 개그 재밌지?

사랑하는 딸아.

야윈 너의 얼굴이 항상 마음속에 걸렸는데, 왜 또 몸이 안 좋을까. 네가 사람들과 편지도 주고받고 해서 마음이 참 기뻤는데, 눈물을 자주 흘리니 아부지 마음도 괜히 불안하고 힘이 드네. 이제 속상한 건 접어두고 밝은 모습만 기대했는데, 아부지 욕심인가 보다.

먹는 거 때문에 걱정이 많고, 먹지 못하니 안타까움만 많고, 마음이 많이 불안한 것 같아서 아부지 마음이 많이 아파. 아부지가 너를 위해서 해줄 수 있는 것도 없는 것 같고 마음뿐이니 말하면 무엇하리. 그래도 꿋꿋이 잘 참으며 생활하는 너의 모습이 한없이 고맙고 대견스러워.

사랑하는 호빈아.

우리 마음속에 무엇이든 다 이겨내는 힘이 있다고 강하게 외쳐보자. 삶도 죽음까지도, 무엇이든 우리가 이길 수 있다고 말이다. 너무 많이 눈물 흘리지 말자. 아부지가 이런 생각하지 않도록 우리 딸이 아부지 좀 도와줘. 너는 그렇게 강하게 살아왔고, 앞으로도 강하게 의연하게 살아갈 수 있다.

저녁에도 배고프면 항상 아부지 깨우고 아부지한테 말해. 아부지가 너를 도울 수 있는 것도 고작 그런 거니까. 사람이 먹는 것이 참 중요한데 너한테는 그것도 어려운 일이구나.

호빈아.

사람들은 기쁘고 슬프고 아프고 서러운 일에 울고 웃으며 살아가지. 너는 어느 때 가장 눈물을 흘리니? 아부지는 죽음의 그늘 앞에서 사람의 마음속에 감동을 주며 흐르는 눈물이 가장 좋아. 그 눈물은 사람들에게 삶의 여정을 돌아보게 하고 생각하게 하니까. 그래서 많은 사람들이 함께 하는 눈물이 가장 좋고 값진 것 같다.

하지만 지금은 사랑하는 너의 눈물을 볼 때, 그것이 가장 큰 눈물이 되어 아부지의 가슴 속에 떨어질 때야. 내가 이 세상에 와서 나 혼자 마음으로 느끼는 눈물이니까.

딸아. 저 하늘의 별이 되자.

마음속에 소중히 간직하기만 한 너의 소중한 꿈, 아무것도 누리지 못한 너의 삶, 이 세상 온갖 음식도 눈으로만 보아야 하는 너의 생활.

아무도 모르는 사람으로 와서 이름 없이 사라져가는 우리 인생이지만, 너는 아버지에게 정말 소중한 아이였어. 아부지의 예쁜 딸로 태어나 기쁨을 주었고, 또 많은 슬픔도 주었다.

지금은 아무것도 생각하지 말자. 너는 그저 아버지의 사랑하는 딸이니까, 기쁨이고 슬픔이니까. 하루하루 흐르는 너의 눈물 앞에서, 아버지의 존재가 너무도 초라하여 마음만 아려온다.

그럼에도 우리가 지금 두 눈으로 바라볼 수 있고 서로 이야기를 나누는 것이 얼마나 다행인가. 그것이 신이 우리에게 준 마지막 선물이라 생각하면, 우리의 마음이 더 편하지 않겠니? 주어진 운명의 고통이 크고 힘겹지만, 숨을 쉴 공간이 있음에 감사하고 좋은 사람들의 위로에 감사하고, 사는 날까지 그렇게 살자.

그리하면 저 하늘의 아름다운 별처럼 많은 사람들의 가슴속에 남을 것이다.

영원한 그리움과 함께.

한 해가 저무는 끝자락에……

수많은 나날을 번민과 슬픔 속에서, 끊이지 않는 병마와 싸우면서도 꿋꿋이 한 해를 보낸 너에게 한없는 위로의 말을 전한다.

너에게 지금 이 말이 미음의 위로가 될지 모르겠지만 아부지의 마음이려니 하고 잘 받아주렴. 낙엽이 지고 눈이 내리는 계절의 시간들이 많이도 지나갔지. 그 숱한 날이 우리에겐 고통의 연속이었지만 우리는 잘 견디며 지금까지 왔다. 내일이라고 우리의 생활이 바뀌지는 않겠지만, 새롭게 다짐하고자 하는 절실한 마음으로 이 글을 너에게 보낸다.

인생은 항상 고뇌의 연속이고, 순간의 기쁨으로 삶을 살아가는 것 같다. 특별한 사람이라고 특별한 삶을 사는 것이 아니며, 평범한 사람이 불행한 삶을 사는 것도 아니다. 그저 주어진 자기의 삶을 묵묵히 살아갈 뿐이다.

호빈아.

이 한해의 끝자락에서, 우리도 한 번 더 삶에 대해 고민하고 생각하자.

무엇이 우리에게 좀 더 기쁨을 줄 수 있는지, 또 희망을 줄 수 있는지 우리 마음가짐에 따라 조금은 달라질 수도 있지 않을까. 올 한 해도 긍정의 마음으로 마무리해보자. 그 끝은 잘 모르더라도 우리 마음가짐으로 기쁨을 만들 수 있을 거야.

우리 딸 알겠지? 새해에는 너에게 기쁜 일만 있기를 기원하마.

호빈아.

요즘 너의 살아가는 모습이 조금은 여유로워 보여 아부지 마음도 한결 가벼워진다. 우리 딸이 아픔을 인내하고 삶을 긍정으로 변화시키는 힘을 가졌다는 게 너무도 고맙고 또 아름답구나. 우리 딸. 오늘도 힘내자. 함박눈이 내리는 입춘 아침. 이렇게 다시 봄은 오는구나.

딸아.

이 세상엔 온갖 일들이 다 많지만 우리가 겪는 건 아주 적고, 또 작은 일들이다. 말 한마디에 온종일을 마음 상하는 사람. 문자메시지 몇 마디에 기분 좋은 하루가 되는 사람.

네가 기분 좋아지면 우리 온 식구도 기분이 좋아지지.

사람은 감정의 동물인 거 같아. 노여움도 슬픔도 기쁨도 순간순간에 일어나거든. 그런 마음을 잘 다스리고 조종해서 잘 가야 하는데, 아부지는 그게 영 안 되네. 그러다 보면 화도 나고 짜증도 니고.

너도 그런 걸 많이 느낄 거야. 그럴 때 어떻게 해야 마음이 정리되고 평화롭게 되는지, 우리 같이 연구하고 생각해보자. 눈을 감고 명상을 해보든지 무슨 방법이 있을 것 같은데. 아무튼 많은 사람들의 생각을 모으고 모아서 방법을 찾아봐야지. 아침에 기분 좋은 마음으로 일어나면 하루 종일 기분이 좋을 수도 있을 테고.

아부지는 네가 집안에서만 생활하니까 답답하고 우울하고 그런 날이 많아서 마음으로만 수양하는 방법을 찾았으면 좋겠어. 하루하루가 좋아지고는 있지만 더 좋아지기 위해서는 너 나름대로의 생활방식을 찾는 것도 좋을 것 같다. 그리고 친구들 아는 사람들 언제든 오고 싶은 사람은 오라고 해서 만나고 얘기도 하고 그래.

아부지한테도 네가 불만이 많고 마음에 안 드는 것도 많고 하겠지만 우리가 조금씩 양보하면 잘 될 거야. 그래서 요즘 아부지도 마음의 내공을 많이 쌓으려고 노력 중이다. 어찌 이 마음이 갈팡질팡하는지 너와 생활하면서 아부지도 많이 생각한다.

오늘도 기분 좋은 하루가 되자. 우리 두 눈으로 하얗게 수도 없이 내리는 눈을 보면서, 오늘은 가장 원시의 세계로 우리의 마음을 가져가 보자. 너는 잘 모르겠지만 아부지는 시골에서 자라서 그런지 이순의 나이가 되어서도 센티멘털리즘에 젖을 때가 많다. 세파에 하도 시달려서 그런가 모르지만, 오늘은 좋은 생각만 해 보자.

대나무 낚싯대 하나 들고 매일 강가에 나갔던 일.

피라미만 잡다 큰 붕어를 낚았을 때의 기분.

그 낚은 고기를 나뭇가지에 꿰어 집에 가지고 오던 일.

그때는 이 세상의 아름다움이 거기에만 있는 줄 알았다. 아부지가 그곳에서 계속 살았으면 어땠을까.

오늘은 너도 가고 싶어 하고 살고 싶어 하는 시골의 풍경을 마음속으로 감상해 봐. 그러면 기분도 좋아지고 마음도 맑아지고 좋을 거야. 그 꿈을 이루기 위해서 열심히 살자. 너의 건강이 괜찮아지면 네가 원하는 그런 삶을 만들 수 있을 거야. 무엇이든 불가능이라 생각하지 말고 긍정적으로 생각하면, 그 꿈이 이루어지지 않겠니. 물론 노력도 많이 해야 되겠지만 말이다.

아부지는 너한테 꼭 그렇게 해주고 싶은 마음이다. 네가 편하게 그렇게 살 수 있으면 아부지가 할 수 있는 일은 다 할 거야. 같이 노력해서 꼭 그렇게 만들자.

오늘도 우리 딸, 파이팅!

딸아.

네가 병원에서 집에 온 지 3개월이 넘어가는구나.

이 시간들보다 더 많은 시간을 우린 병원에 있었지.

너의 아픔과 고통이 극에 달해서 과연 네가 집에 올 수 있을
까 생각했는데, 지금은 그 아픔의 고통을 저 멀리 날려버리고 살
고 있구나.

너무도 고맙고 감사한 마음이다.

불가능할 것 같지만 가능하게 만드는 힘, 그 힘이 인간에게 있
는 것 같다.

아부지는 운명 같은 거 안 믿지만 무엇인가 보이지 않는 어떤
힘이 우리 가까이에서 힘을 주는 것 같은 느낌이 들 때도 있다.
그 힘을 믿어보면서 지금처럼 네가 많이 아프지 않고 살아갈 수
있다면 그것으로 우리 만족하자. 육신의 아픔과 고통이 얼마나
큰 것인지 너는 알고 있잖아. 인내심도 그 어떤 것도 제 몸 편치
않으면 아무 소용없는 것이니.

아부지는 요즘은 그래도 세상 살맛이 조금은 난다. 너의 얼굴
이 조금은 좋아지는 걸 보니까. 욕심부리지 말자. 이 상태만 유지
한다면 더 무엇을 바라겠니.

요즘 네가 친구들과 이것저것 연락도 하고 무엇인가 하고자

하는 힘을 발휘할 때, 아부지도 힘이 난다.

어떤 사람이든 삶에서 사연이 없는 사람은 없을 거다. 태어난 순간부터 사람은 크든 작든 삶의 무게를 짊어지고 있고, 그 삶을 자신이 짊어지고 갈 수밖에 없는 것. 너도 그렇게 생각하며 사는 것도 나쁘지 않을 거야. 나의 삶을 비관만 하고 처량하다고 생각하면 이 세상을 무슨 재미로 살 수 있겠니. 세상은 이런 일 저런 일이 뒤엉켜 있을 수밖에 없다 생각하고 살아가는 거지.

요즘 네가 삶에 대한 내공이 점점 쌓여 가는 거 같아서 아부지도 좋고 조금 마음이 놓인다. 하루하루의 삶을 갈고 닦으며, 가는 데까지 가보자. 누구에게나 끝은 있고 그 가는 길 위에 무엇을 그리며 가느냐도 중요하니까. 우리가 할 수 있는 일을 하는 것, 그것으로 족하지 않겠니?

오늘도 네 몸이 아프지 않기를 바라며 감사한 마음을 가지자. 아부지가.

호빈아.

네가 아픈 후부터는 우리 가족에게는 여행이라는 단어가 아주 생소하게 느껴진다. 가고 싶어도 너의 아픔이 커서 갈 수 없었지.

그런데 네가 여행 계획을 세우니 아부지 기분이 좋아지네. 너를 위해서라면, 어디든 어느 곳이든 가보고 싶다. 가서 지친 심신도 위로하고, 이곳저곳 풍광도 구경하고, 맛있는 것도 먹어 보고, 가족이지만 마음속에 담아두었던 상처가 있다면, 다 털어버리기도 하자꾸나. 사람 사는 것이 다 그런 것 아니겠니.

너도 아부지도 힘들고 속상한 일들이 많고 하니 한 바퀴 돌아보자. 네가 힘이 닿는 데까지 계획을 세워봐. 그래서 꼭 가보도록 하자.

헌시 - 나의 아버지 어머니

정의를 제일 앞에 놓으시고,

진실을 통하게 하시고,

진리를 결코 놓은 일이 없으신 아버지.

타는 가슴으로 길러주셨고,

나의 아픔을 잊게 하시고,

한없는 사랑으로 내 곁을 지켜주신 아버지.

날마다 눈을 뜨는 순간

당신이 있음에 가장 행복한 딸.

온 우주를 품을 만큼 감사하며, 눈물 어린 사랑을 전합니다.

맑은 눈망울

다정한 마음

어떤 시련과 역경 속에서도 꿈쩍하지 않고 나를 지켜준 어머니.

눈물이 많고 슬픔이 많으신 나의 어머니

참으로 고생스런 나날을 무수히 견디어 내신 강한 어머니.

내 어머니를 존경합니다.

그리고 영원히 사랑합니다.

그리고 나를 지켜 준 가족에게 사랑한다고 말하렵니다.

원근에게.

죽음으로 가는가. 의식이 없이 정신이 오락가락할 때, 네가 보고 싶었어. 내 소식을 전화로 듣고 그리 울었다던데, 마지막으로 네 얼굴이 보고 싶어서 무리인 줄 알면서도 공부 중인 너를 오게 했어. 그때 너는 참담한 얼굴로 저녁 내내 잠을 자지 못했지. 내가 정신이 돌아올 때마다 네 손을 붙잡고 부탁했던 거 잊지 않았지? 내가 가고 없어도 두 분 생신 꼭 챙겨드리고, 제주도 여행도 보내드려 줘. 그때마다 넌 울지 말라고 달래기만 했는데, 그때는 그게 마지막이라 생각했는데, 한 달이 지나고 넌 다시 돌아왔지.

넌 있는 내내 나를 간병하고, 타지에서 아르바이트하며 번 돈을 주고 갔는데, 그때 나를 보는 네 눈빛이 너무 처연했어. 그 눈빛에서 내 모습이 얼마나 처참한지 새삼 느꼈고 마음이 아팠어. 네 앞날에 짐이 되는 것 같아서. 어릴 땐 그렇게 쥐어박던 누나가 이젠 꼬챙이같이 말라버려서 미안하다.

원근아. 상실감을 오래 담아두지 마. 나 때문에 돈이 없어서 오고 싶은 집에도 마음대로 못 오는 너. 늘 그리운 나의 동생!

내가 먼저 가고 나면 태산같이 버텨서 엄마 아부지 잘 지켜드려. 저 하늘에서도 잘 지켜보고 있을게.

사랑하는 나의 동생아.

엄마에게.

오늘은 내 생일.

날이 습하네요. 이런 날씨에 나를 낳고 엄마는 얼마나 힘들었을까. 몸조리나 제대로 했을지. 엄마는 내가 엄마의 인생을 보상해줄 거라고 기대했을 텐데, 딸한텐 다른 길이 주어졌어. 슬퍼하지 마. 그냥 오롯이 걸어가는 게 내 일이니까.

엄마, 고생했어. 사랑해.

엄마.

지나온 일들이 자꾸 떠올라서 오랜만에 편지를 써요.

다리 수술로 입원했을 때, 그 막히는 퇴근 시간에 수원행 버스를 타고 늦게야 도착하곤 했지. 그럴 때면 엄마가 너무 반가웠고, 잠깐 앉았다 다시 가야 하는 엄마가 공연히 야속하고 그랬어.

그때 식사도 거의 못했었지? 나 수술할 때 계속 울었다던데 일도 못하고 징말 힘들었시?

중한자실에 누워 있을 때, 임마가 얼굴노 닦아주고 손도 닦아주고 하던 게 생각나. 하루 종일 엄마 손길만 생각하며 기다렸는데, 면회 시간은 왜 그리 짧던지. 내가 눈물 흘린 만큼 엄마도 그

랬을 텐데, 엄말 위해서라도 울지 말 걸 이제야 후회해.

그래도 내가 죄책감으로 우울하게 살아가면, 엄마가 얼마나 보람 없고 답답하겠어? 젊음과 인생을 다 바친 딸이 비록 다리도 없고 죽음 앞에 있더라도 씩씩한 게 좋겠지. 누구보다 강한 엄마처럼 나도 씩씩해.

그때는 엄마가 아빠 위해서 싸다 준 반찬들을 바라보면 하염없이 눈물이 나고 먹고 싶었어. 다른 사람들처럼 식사를 한 건 너무 오래전이라 어떤 맛인지 전혀 생각나지 않았는데, 내가 너무 철없이 굴었지?

엄마! 너무 내 걱정하지 마!

나 좋아질 거야. 다리 수술을 했을 땐 의족을 하는 건 감히 상상을 못했는데 이렇게 기력 찾아서 움직이잖아. 급한 마음 버리고 천천히 일어나 볼게.

아 참. 나 의족을 하면 상체와의 비율 때문에 키가 다시 170cm가 넘고, 발 사이즈는 240이래. 이젠 내 발 사이즈도 엄마랑 같아! 우리 운동화 귀여운 걸로 똑같이 신고 밖에 나가자. 그러면 소화력도 좋아져서 엄마 음식도 싹싹 비울 수 있을 거야.

그동안 미안하단 말만 했네, 엄마 속상하게시리. 내가 얼마나 엄마를 사랑하는데. 나 엄마 딸이니까 열심히 예쁘게 살아볼게.

엄마, 고마워요.

우리 딸……

엄마가 어떻게 너에게 편지를 써야 될까. 너무도 망설여지고 가슴이 떨리는구나.

세상에서 너처럼 아픔을 겪고 사는 사람이 어디에 있을지.

엄마는 제대로 표현도 못 하고 마음에만 담아두는 성격이어서 네가 더 많이 마음이 상하고 아플 거라 생각한다.

네게 그 몹쓸 병이 찾아온 뒤부터 우리 가족 모두에게 어렵고 힘이든 생활이 시작되었지만, 어떻게든 엄마는 우리가 또 살아가야 하니까… 너에게 더 많은 사랑과 관심을 갖지 못했다. 그것이 항상 마음속에 가시처럼 남아있고 엄마 마음이나 네 마음이나 아픈 마음으로 남았어. 그래도 엄마가 널 많이 사랑하는 거는 네 마음이 알 거야.

너무도 긴 나날을 아픔과 고통 속에서 살아온 너의 모습이 애처롭고 안쓰럽고 또 어떤 때는 몹시도 화도 나고.

세상에 대한 원망이 있지만. 그래도 우리 딸이 그 어려움을 다 이겨내고 지금까지 왔어. 엄마는 그것만으로도 우리 딸이 대견하고 자랑스러워. 앞으로도 우리에게 어떤 시련과 어려움이 닥칠지 모르지만. 엄마는 우리 딸 옆에 항상 있을 거야.

간절한 마음은 네가 더 이상 아프지 않는 거 지금 이대로라도 좋으니 꼭 아프지 않는 거다.

우리 가족이 너로 인해서 더 기쁨이 생기고 활기가 넘치게 너도 씩씩하게 생활해.

우리 딸은 모든 거 잘할 거야.

엄마와 딸이지만 마음속에 서운함이 많을 수도 있을 거야. 지금 이 순간부터는 우리 사랑으로만 똘똘 뭉치자. 우리 가족의 행복을 소박하게나마 만들어가자. 아버지와 원근이, 너, 엄마가 꼭 만들자.

사랑하는 딸 잘 이겨 내야 해.

엄마가 보낸다.

4장

사람과 사랑

　이 장은 호빈이에게 사람들이 보내 준 따뜻한 마음과 호빈이가 그분들께 보내는 감사의 마음을 모아 실은 장입니다.

　병마는 호빈이에게 단순히 육체적 시련만을 주지는 않았습니다. 육체적 고통만큼 무서운 것은 자신의 운명을 저주하며 스스로를 고립과 단절 속으로 내몬 정신적 고통이었습니다. 하지만 호빈이는 10년 넘게 자신을 헌신적으로 돌봐 주신 부모님과 가족의 사랑 속에서 단절의 벽을 깨고 누군가와 소통을 하겠노라고 마음먹을 수 있었습니다.

　그리고 호빈이가 세상에 마음의 문을 열었을 때, 세상이 보여 준 사랑은 너무도 크고 따뜻한 것이었습니다. 호빈이에게 보내 준 수많은 응원의 편지와 선물, 트위터의 댓글들은 호빈이에게 큰 용기를 주었습니다.

　호빈이는 다리 절단 수술 후, 죽음을 준비하라는 의료진의 조언에도 불구하고, 기적적으로 기력을 회복하여 마침내 의족까지 하게 되었습니다. 의족을 맞춘 것만으로 걸을 수 있는 것은 아니지만, 가족들과 여러분의 사랑 속에서 호빈이는 언젠가 다시 걸을 수 있을 것입니다. 호빈이에게 고통스러운 재활의 시간이 기다리고 있겠지만, 호빈이가 모든 것을 이겨내고 다시 걸을 그날을 설레는 마음으로 기다려 봅니다.

혹자는 말합니다. 세상은 살기 힘든 곳이라고. 그러나 호빈이에게 보여준 사람들의 정성은 사랑 그것이었습니다. 어쩌면 사랑이란 사랑 속에서 더욱 커지는 것이 아닐까요. 한때 죽음을 꿈꿨고 몇 번이나 삶을 등지려고 했던 한 젊은이 신호빈 양은 이제 어떤 고통 속에서도 웃을 수 있습니다. 사람 속에서, 그리고 그들의 사랑 속에서.

마음에서 마음으로

Dear 신호빈 님.

주신 글 잘 받았어요.

사진을 보니… 그 자체로… 마음이 슬프고 아프군요!

그간 얼마나 힘들고… 남모르는 고통을 감수했을지 짐작해 봅니다.

아직도 너무 젊은데……

시간 시간을 견뎌 오느라 정말로 고생이 많으셨네요.

그래도 좋은 마음으로 삶을 긍정하고 주어진 시간을 봉헌하는 그 노력에 경의를 표합니다.

세상에서 고통받는 수많은 이들

나날이 무성해가는 악의 세력……

가끔 우리는 할 말을 잊고 절망에 빠지지요.

하나님의 인내가 세상과 사람을 정화시키는데 한몫을 하도록 그런 지향을 갖고 순간순간을 기도한다면 그것이 바로 우리에게도 선물이 될 것 같네요.

기도 안에 기억하는 해인.

이해인 수녀님께.

"감사만이 꽃길입니다.

누구도 다치지 않고

걸어가는

향기나는 길입니다.

감사만이

보석입니다."

수녀님의 글입니다. 저의 아픔을 같이 하시는 수녀님의 마음이 저에게 전해져서, 제 마음에 기쁨의 눈물이 납니다. 제가 사는 날까지 수녀님의 기도를 간직하며 열심히 살게요.

수녀님 건강하세요.

몇 군데 거쳐 귀하의 글월 받았습니다.

귀하의 소중한 삶 앞에서 내 말이 무슨 격려가 되겠습니까.

부디 견디어내시기를 빕니다.

누구에게는 하루가 단 하루일 뿐이지만 누구에게는 하루가 천 개의 하루일 것입니다.

우유 마신다지요?

나도 귀하가 마시는 우유를 생각하며 아침 식탁 우유를 마시렵니다.

이 세상의 공기를 함께 숨 쉽시다.

하루는 하루의 일상이지요. 안녕

고은 선생님, 보내주신 편지 잘 받았습니다.

음식을 못 넘기는 날 위해 그나마 (내가) 먹는 우유를 함께 드시며 (나를) 생각하겠다고, 천 개의 하루를 살라고 하셨지요.

지금껏 잘 버텨올 수 있도록 걱정해 주시고 소통을 허락해 주신 것에 진심으로 감사드려요. 이제 간절한 꿈을 위해 정진할래요.

신호빈 씨께.

제게 보내주신 편지, 잘 받아 보았습니다. 멀리 있지만 친구로 저를 선택해 주셨습니다. 고맙습니다. 저는 잘 지내고 있습니다.

신호빈 씨는 본인의 삶에 위안을 얻고자 제게 편지를 보내셨다고 하셨지만, 오히려 제가 더 큰 힘을 얻었습니다. 신호빈 씨의 글은 짧지만 솔직하고 깊은 울림을 가지고 있습니다. 신호빈 씨, 괜찮으시다면 계속 글을 써보시는 건 어떨까요? 몸이 힘드실 테니 굳이 길게 쓰실 필요는 없겠지요. 짧더라도 글을 남겨보시는 것이 의미 있는 작업이 되리라 믿습니다.

신호빈 씨께는 물론이고 우리 모두에겐 하루하루가 소중한 삶입니다.

신호빈 씨의 부모님께서는 아마도 각별히 더 그러하실 겁니다. 부족하나마 신호빈 씨의 부모님께 저의 격려와 응원의 마음을 전하고 싶습니다.

신호빈 씨. 보내주신 편지에 직접 쓰신 것처럼 나날이 새롭고 가슴 벅찬 신호빈 씨만의 인생을 살아주셨으면 합니다. 저 역시 바삐 돌아가는 일정이지만 가슴 한켠에서는 늘 응원하겠습니다. 신호빈 씨, 편지 보내주셔서 다시 한 번 반갑고 고맙습니다. 저도 호빈 씨께서 응원해주신다 생각하고 열심히 일하겠습니다.

곧 따뜻한 봄이 올 것입니다. 댁이 용인이시니 서울보다는 조금 더 먼저 찾아오겠네요. 그 봄을 꼭 즐겨주십시오.

그럼, 안녕히 계십시오.

박원순 시장님.

뜻밖에도 존경하는 시장님의 편지를 받고, 너무도 감동하고 영광스러워요.

어려운 이웃을 생각하는 시장님의 진솔한 마음과 사람을 사랑하는 마음에 존경과 감사의 마음을 표합니다.

그리고 그 바쁘신 중에도 저에게 용기와 희망을 주셔서 감사합니다.

빈약하나마 제 일상과 감정을 책으로 출간하게 되었어요.

항상 건강하세요.

신호빈에게.

희귀한 병마가 찾아와서 10년의 투병을 하고 시한부 판정을 받았다니 마음이 아픕니다.

젊은 나이에 병의 고통으로 시달리는 것이 안타깝습니다.

하나님께서 사랑하신다는 것을 명심하시고 힘들겠지만 편안한 마음으로 하루하루를 뜻깊게 지내기 바랍니다.

존경하는 장호성 총장님, 우리 총장님.

총장님의 제자 사랑이 너무도 감격스러워 눈물이 납니다.

얼굴도 모르는 저를 위해 그 유명하신 의사 선생님인 유만성 박사님을 중국에서부터 모셔와 대동하시고, 조현익 학장님까지 오시게 하셔서 저를 치료해주신 은혜, 잊지 못할 거예요.

그대가 우주의 중심입니다. 신호빈 님.

이외수 선생님.

"그대가 우주의 중심"이라는 선생님의 말씀, 깊이 생각하였습니다.

선생님의 인간을 사랑하는 마음이 느껴집니다.

인간의 기쁨과 슬픔을, 인간이 어떻게 살아가야 하는지를, 찬찬히 생각해보고 있어요. 지금은 비록 혼자서 화장실도 못 가고 구토도 너무 심하지만, 이런 저에게 그래도 삶은 의미 있는 것이겠지요?

나는 책 읽는 게 참 좋더라.

전유성 선생님, 안녕하세요.

선생님의 보내주신 책과 글 중 "나는 책 읽는 게 참 좋더라."라는 구절 보며, 새삼 생각했어요. 역시 삶의 지혜는 책 속에 있나 보다고.

Dear. 신호빈

사람들은 제각기 삶을 유지하는데 다양한 고통들을 겪고 있습니다.

성인들은 그 고통 속에서 깨달음을 얻는다고 합니다.

감사, 미소와 용기, 그리고 사랑을 잃지 마세요.

ALL THE BEST!

박찬호 선수께.

항상 바쁜 중에도 저에게까지 관심과 사랑 주신 것, 감사하고 고맙습니다.

그리고 보내 주신 사인볼은 병원에 입원해 있는 내내 제게 위안이 되고 자랑거리가 되었어요. 미국에서 한국에서 열심히 하시는 찬호님의 삶을 본받아 열심히 살아 볼게요.

신호빈 님께.

오늘 KBS 별관에서 "선녀가 필요해" 녹화를 하는데 조감독으로부터 호빈 님이 보낸 편지를 받았습니다. 3月에 보내신 걸 이제야 받았군요. ^^

사진까지 보내주어 감사합니다. 미키마우스 옷이 참 귀여워요.

글씨도 너무 잘 쓰시고, 내용도 너무 정갈합니다.

사진으로 또 글로 미루어보아 글쓰기를 즐기시는 것 같은데, 훌륭한 작가가 되실 것 같다는 생각이 들었어요. 빈말이 아닙니다.

정말 그러실 것 같아요.

호빈 님.

제가 감히 호빈 님이나 호빈 님의 가족을 위로할 수 있으리라 생각하지 않습니다. 그 공포와 고통을 헤아리지도 못할 것입니다.

그래서 저는 호빈 님을 위해 하나님께 기도를 했습니다.

인간의 주권은 우리를 만드신 하나님께 있다고 저는 그렇게 믿기 때문입니다. 앞으로도 생각날 때마다 호빈 님과 가족을 위해 기도하겠습니다.

책을 보냅니다. 부끄럽지만 두 권 다 제가 쓴 책입니다.

읽어보시고 소감 좀 부탁드려도 될까요? ㅎㅎ 혹시나 저와 편지로 소통하는 것이 호빈 님께 조그만 위안이라도 된다면 앞으로도 연락주세요!

호빈 씨 말대로 꺼져가는 불씨가 아닌 사는 날까지 최선을 다하는 나날이 새롭고 가슴 벅찬 인생을 살게 되기를 바랍니다.

차인표 선생님.

답장 감사히 받아보았습니다.

보내주신 편지 중에 "인간의 주권은 우리를 만드신 하나님께 있다" 그 말씀이 저의 아픔과 고통을 잠시 멈추게 했어요.

차인표 선생님의 기도가 저에게 전달되었어요. 보내주신 책 정말 잘 읽었고 감동했어요. 죄송하지만, 저는 소설을 쓰신 것 처음 알았어요. 책 재미있고 훌륭했어요.

제가 건강해지면 멋진 곳에서 차 한 잔 대접하며 보답할게요.

도전!

신호빈 님께.

보내주신 편지 내용 잘 읽었습니다.

현재 자신에게 주어진 삶의 고통이 너무나 힘들겠지만 용기와
희망, 자신감을 잃지 마시고 살아가시길 바라며, 제가 히말라야
에서 받은 성스러운 기운을 전해드립니다.

파이팅!

엄홍길 대장님.

제가 죽음을 기다리며 보낸 편지에 답장 주셔서 가족들과 함
께 얼마나 감격스러워 했는지 몰라요.

히말라야의 기운이 온 걸까요. 아마 그때 얻은 용기로 지금까
지 굴하지 않고 도전하며 사는 것 같아요. 소통을 방향을 바꿔
손닿을 수 있는 곳으로 다시 시작할래요! 하늘에서도 땅에서도
언제나 저를 지켜주세요.

제 글씨가 워낙 난필이라 평소 하던 대로 워드로 칩니다.

고통을 온전히 다 공감할 수는 없는 일이지만, 그래도 힘내시란 말씀을 전합니다.

하루하루를 치열하게 살아내고 계실 터이니 제가 부끄러워집니다.

그래도 바깥에 봄볕은 따스하답니다.

힘껏 일어나셔서 좋은 봄날들을 맞이하세요.

시한부라 하셨지만 시간을 정해 놓은 사람은 없습니다.

모든 날들이 봄볕처럼 환하게 빛나시기를……

손석희 드림

호빈 님께.

편지를 받고 어떤 내용의 답장을 할까 고민만 하다가 단순한 마음을 담아 음반 보내드립니다. 노래하는 사람이라 말보다는 제 노래 속에 담겨진 마음으로 대신합니다. 작은 위안이 되길……

안치환 선생님.

보내주신 CD에 담긴 아름다운 노래가 저의 아픈 마음을 풍요롭게 하고 너무 큰 위안에 되었어요. 사람들의 많은 사랑을 받은 그 노래가 제게는 천상의 소리처럼 위안이 되어요.

호빈아.

이렇게 책이 마무리되는구나. 우리 고모 힘들어서 어떡하냐는 네 동동거림도 이젠 끝이네. 한권의 책을 위해 너와 아빠의 글을 옮기면서 힘들지 않았다면 그건 위선일 거야.

그런데 사실 고모가 힘들었던 건 그게 아니야. 혹시라도 책이 다 나오기도 전에 네가 세상을 뜨면 어떡하나 매일 같이 초조했어. 네가 아무리 건강해지고 있다는 트위터 원고를 보내와도 쫓기는 마음은 별수 없었지.

지난밤 급하게 1차 원고를 보낸 것도 네가 밤새 상태가 나빠져 책의 원고도 보지 못한 채 다시 정신이라도 잃으면 어떡하나 하는 걱정 때문이었어. 그 원고를 보고 너희 부모님은 과찬을 해주셨다는데, 음 일단은 감사하지만 고모는 별로 그런 사람이 못 돼.

세상에는 수많은 작가들이 있고, 그들 중 많은 분들이 빛나는 작품을 남겼고 천재라는 수식어를 이름 앞에 달게 되었지. 한국에도 정말 뛰어나신 분들이 많이 계시고.

그런데… 글이라는 거, 사람의 마음을 움직일 수 없다면 별로 의미가 없는 건지도 몰라. 그게 재미든 감동이든 미학적 성취든 좋은 글은 사람의 마음에 감동을 주지. 그런 의미에서 볼 때 천재 작가란 사람의 마음에 어떤 강한 흔적을 남기는 사람일 거야. 고모는 감히 글에 대해 이렇다저렇다 말할 수 없는 일천한 글쟁이에 불과해. 이건 알량한 겸손이 아니라 사실이지.

하지만 너보다 먼저 글을 쓰기 시작했고, 다른 무엇보다 글을 사랑하는 사람으로서, 호빈이가 사람들의 마음에 '감동'이라는 흔적을 줄 수 있기를 바라.

감동은 진솔함에서 오는 것인데, 너힌테는 그런 신솔함이 있어. 또 누구도 겪지 못히 아픔을 극복하고 있는 지력과 '아부시'를 비롯한 가족들의 한없는 사랑을 깊이 느낄 수 있고, 낯선 이들의 지지를 진심으로 받아들이는 폭넓은 마음도 있지. 그것이

한 사람의 작가이고자 하는 너에게, 남은 생 작가로 살아가고자 하는 너에게 큰 자산임을 진정으로 이해하길 바라.

호빈아. 이제 이 원고 뭉치가 어떤 형태로든 한 권의 책이 된다면 너는 한 사람의 당당한 작가야. 부디 사람들의 마음에 진한 감동을 주는 작가로 당당히 걷고, 뛰고, 또 날도록 해.

아마 두 번째 책부터는 고모라는 '목발' 같은 건 필요 없을 거야. 너와 아빠의 글을 보면서 내가 먹먹함에 몇 번이나 작업을 멈추었던 것처럼, 너의 진솔한 이야기가 사람들에게 희망이 되고, 위로가 될 거야. 고모는 한 사람의 독자로서 너의 두 번째 책을 기다리고 또 기다릴 거야.

호빈아. 너는 고모를 좋은 사람이라고 생각하지만 사실 별로 그렇지 못해. 어떻게든 세상에 유익한 일을 하고 싶었지만 어리석음으로 인해 남들에게 이용당하기만 한 적도 있었고, 내 감정에 휩싸여 다른 사람의 아픔을 보지 못한 적도 많았어. 다른 이의 큰 아픔보다는 내 작은 아픔이 더 컸던 이기적이고 못난 사람이었어. 그 때를 조금이나마 씻어내라고 너와 내가 만나 이 원고를 쓴 게 아닐까?

그러니까 고모한테 고맙단 말은 이제 그만하고, 고모 앞에선 절대 울지 마. 좋은 일엔 웃는 거야. 그리고 이 말만은 정말 하고 싶었는데… 호빈아. 살고 싶은 건 잘못이 아냐. 살아있는 사람은 누구나 그래야 하는 거야. 그러니까 죄책감 느끼지 말고 마음껏 더 살고 싶어 해. 알겠지?

참! 초코우유 백 개 사주기로 한 약속, 꼭 지켜라. 한 번 갈 때마다 한 개씩 백 개를 다 채워야 할 거야. 고모 게으른 거 알지? 꽃이 필 때와 눈이 내릴 때, 딱 두 번만 갈 거야. 흠흠… 원고 끝날 때까지 잘 버텨 줘서 정말 정말 정말 고맙다.

장하다, 우리 조카!!

고모에게.

이렇게 제 책이 나올 수 있게 도와주셔서 감사합니다. 고모께 편지를 보낼 때만 해도 진짜로 제 글들이 책이 되어 나올 수 있을까 싶었는데, 이렇게 현실이 되니 꿈만 같아요.

고모가 정리해주신 원고를 읽으면서 저도, 엄마도, 아부지도 계속 울었어요. 감개가 무량하달까, 행복하달까, 이전의 감정들이 느껴져 슬프달까. 하하하.

저 힘낼게요. 제 남은 삶은 글을 쓰며 살아가기로 다짐했으니까요. 글쓰기는 병마에 시달린 이후 제가 처음으로 가진 소망이자 어쩌면 제 인생의 미지막 희망일지 몰라요. 전 턱없이 부족하고, 제가 가진 건 아픔뿐이지만 그 아픔의 마음으로 다른 사람을 위로할 수 있다면 더 바랄 게 없을 것 같아요.

이렇게 제 소망에 한 걸음 다가갈 수 있게 해 주셔서 정말 감사합니다. 제 꿈을 위해 열심, 또 열심 노력할게요!

타인에서 가족으로

내가 죽지 않고 살아 있는 이유는, 바로 '고마운 사람들'.

사람들이 날 부담스럽고 어려워한다는 걸 알았어요. 도움을 원하는 게 아닐까 하고 제 마음을 왜곡하실 수도 있다는 걸요. 전 마지막까지 초라하고 싶진 않아요. 오해받는 걸 두려워하지 않고, 솔직하고 용기 있게 소통할래요.

병원에 들어가면 환자, 보호자 할 것 없이 극도로 경계하고 기선제압을 하곤 했어요. 그들을 이해해 보려는 내 자신이 속상해 소리 없이 많이도 울었어요. 집이 그리웠어요. 그걸 생각하면 앞으로밖에 못 나간다 해도 행복한 거겠죠?

자꾸 눈물이 나지만 아프지 말아야 한다고 다짐해 봐요. 얼굴도 모르는 여러 친구들의 응원에 새삼 눈물이 나요. 처음엔 내 고통스런 시간들을 보상받는 느낌에, 지금은 내가 미처 생각 못 한 용기와 안타까운 마음들에.

저에게 관심 가져 주신 모든 분들 사랑합니다. 그리고 행복합니다. 아름다운 소풍 잘 놀다 가렵니다.

자고 나니 친구들이 많아졌어요! 헤헤 저도 아직 트위터가 익숙지가 않아서요.

기운 날 때마다 열심 이름이랑 답장 써드릴게요. 더운 여름 이렇게 또 이겨내겠죠? 가슴이 벅차서 행복하고 밥 못 먹어도 호랑이 기운이 나요. 으샤 으샤! 힘내서 알찬 하루 보내야지!

또 한 해가 저무네요.

이 글을 쓸 수 없을 줄 알았는데, 다시 쓰고 있네요.

삶과 죽음도 인간의 뜻대로는 안 되나 봐요. 내가 항상 위태로운 삶이라 그런지. 아직도 내가 이 세상에 무엇인가 조금은 할 일이 남았나 봐요. 그렇다면 단 하루의 삶이 남았을지라도 열심히 살아야지요. 내년에도 계속 나의 삶이 이어지면 계속해서 열심히 살아야지요. 빚이 많아서, 그 빚을 갚고 가야지요.

내가 한줄기 작은 빛이라도 될 수 있으면 좋겠어요.

꼭 그 빛이 되고 싶어요.

환우들께.

같은 병을 앓고 있는 환우들에게 나의 이야기를 전한다는 것은 그들에게 절망이 될 수도 있기 때문에 많은 망설임 끝에 이 글을 씁니다.

오랜 투병 끝에 죽음만을 기다리며 사는 인생이라 저는 두려움 없이 하루하루를 살아가고 있습니다. 현재 저는 걸걸한 음식은 먹지 못하고 우유나 국물로 연명합니다. 괴사에 좋다는 느릅나무 뿌리를 달여 먹고, 삼백초, 매실차를 수시로 마십니다. 이러한 약물은 우선 아픈 것을 예방하고자 하는 것으로 약간의 효과가 있는 것 같습니다.

누군가에게 희망은 못 되지만 무엇인가를 경험한 것을 나누고 싶습니다.

환우님들.

날마다 고통과 괴로움 속에 생활하면서 얼마나 힘이 들까 생각하면 가슴이 너무도 쓰리고 아픕니다. 저는 모든 것을 다 내려놓고 주어진 생명만큼만 살려고 하니 마음이 편안해졌습니다. 환우님들도 각자의 치료 방법으로 살아가되 당당하고 용기 있게 생활하기를 바랍니다.

난치병은 치료방법이 없고 호전된다는 희망도 없어 더 절망하게 된다는데, 그 절망을 이겨야 우리가 살 수 있다고 봅니다.

저는 제가 할 수 있는 일에서 보람과 삶의 의미를 찾았고, 제 병을 이제는 친구로 운명으로 담담히 받아들이기로 했습니다. 그리고 아직도 살아가고 있습니다.

환우님들, 힘을 내시기 바랍니다.

영은 언니.

언제나 나를 바라보는 언니의 애절한 눈빛이 가슴 속에 선하게 남아 있어요. 안타까워하는 언니의 그 마음은 말하지 않아도 가슴으로 느끼게 돼요. 그 사랑을 영원히 간직하고 싶어요.

사랑하는 언니가 제주도로 떠나고 나 너무 많이 아팠어요.

죽음의 고비를 넘기고 다시 이렇게 글을 쓰게 되네요. 아마도 신이 아직은 나에게 좀 더 살다 오라고 힘을 주는가 봐요.

언니와 약속한 것처럼 제주도 한번 가보고픈 희망이 있는데, 이렇게 몸만 회복된다면 가볼 수도 있을 것 같아요.

항상 사랑으로 대해주는 언니, 내 마음속에 언니는 영원히 남을 거야.

너무 고맙고 사랑해, 언니……

수민 언니.

언니는 나에게 너무 큰 사랑과 위안과 기쁨을 주었어. 무어라 내 마음을 전해야 할까. 해야 할 말이 너무 많아 탈이네. 이 글을 쓰든 안 쓰든 언니는 다 알 거니까.

난 언니를 만나면 마음이 너무 편해. 그리고 주는 사랑만 받은 나, 언젠가 언니한테 그 빚을 갚을 날 오겠지. 그날까지 변함없이 나 사랑해줄 거지?

병원생활에 지친 아부지와 나를 그 먼 곳까지 찾아와 항상 함께 해 준 언니. 하염없이 울기만 하는 나를 같이 부여잡고 흐르는 눈물 멈추지 못하던, 항상 같이 하던 언니. 그 고운 얼굴이 내 가슴속에 영원히 남을 거야.

언니의 그 고운 마음과 정성이 있어서 지금 내가 살아 있는 거야.

언니 정말 고마워,

민서 언니.

우리 집에 최초로 찾아온 언니가 민서 언니와 소라 언니였지.

귀여운 은혁이를 등에 업고서 언니가 찾아왔어. 내가 사람들과 소통하고 편지를 쓰기 시작한 때가 그때였는데, 내가 얼마나 고맙고 기뻤는지 언니는 모를 거야.

사실은 나, 병마와 싸우면서 모는 사람들과 인연을 끊어 버렸거든. 그러다 얼마 남지 않은 삶이라고 병원에서 판정해서, 그때부터 소통을 시작했거든. 언니는 내 최초의 소통녀야. ^^ 마음과 마음이 긴 연을 만드나 봐.

언니가 나를 얼마나 사랑하고 위하는지 내가 알고 있는데도, 나는 하나도 갚지 못하고 언니한테 받는 사랑으로 만족하고 있네? 언젠가 내 몸이 회복되면, 우리 멋진 공동체 하나 만들어서 좋은 일 하며 살자.

나 열심히 치료해서 힘을 기를게.

그래야 언니한테 보답할 수 있잖아.

은혁에게.

카페에서 만나 인연이 된 우리 은혁이. 은혁 엄마가 집에 온다고 해서 기다리고 있는데, 너도 같이 왔지. 10개월이 좀 넘은 아기라 아주 귀엽고 앙증스러웠어. 너무도 신기하고 귀엽고 천사 같았지. 엄마가 너를 내려놓자마자 넌 낯도 가리지 않고, 기어 다니고 넘어지고 또 걸어 다녔어. 아부지도 널 보고 너무 좋아하셨어. 너 때문에 집안은 모처럼 활기가 넘쳤지. 그 순간 말야. 이 아픔을 겪어서 네 엄마를 만난 것이 오히려 신의 축복으로까지 느껴졌단다. 아픔이 나에게 소통의 길을 열어주었고, 정말로 좋은 친구를 만나게 해주었어.

소외된 사람들의 마음을 알아주고, 사려 깊은 행동으로 그 일을 실천에 옮기는 사람. 너의 엄만 그런 사람이야. 정말로 대단하고 용기 있는 여성이야. 천사 같은 우리 은혁이와 은조, 이모가 사랑한단다. 훌륭한 어머니 밑에서 건강하고 훌륭한 아이로 성장할 것임을 굳게 믿는단다. 사진에서 너의 얼굴을 볼 때마다 즐거움이 생기고 웃음이 나와. 너는 내게 기쁨의 원천이야.

경이모(경피증을 이기는 사람들의 모임) 회원분들께.

감사한 하루였습니다. 아버지도 기뻐하시네요. 제 마음이 벅찹니다. 오늘도 힘겨운 일상을 보냈지만, 우리 가족 마음만은 행복했습니다. 문자 주신 모든 분들의 가정에도 건강과 행복이 늘 머무르기를 저의 작은 마음으로 빌겠습니다.

생소한 병인 경피증을 알리고 못다 한 제 꿈을 위해 나름은 거창한 마음으로 글쓰기를 시작했습니다. 수려한 말과 글은 못 써도 가장 자신 있는 솔직함으로 한 줄 한 줄 써내려가고 있습니다. 에너지가 부족하고 육신의 고통도 심하지만 강한 신념으로 하려 합니다. 잘 지켜봐 주세요.

같은 아픔으로 힘든 나날을 보내고 있겠지만, 그 중 가장 상태가 나빴던 제가 건강을 회복하고 있습니다. 희망을 잃지 마세요.

혜민 스님.

행복을 위해 세상 앞에 당당해지기로 했습니다. 멀리 있지만 스님도 꼭 응원해 주세요.

안도현 선생님.

정말 감사합니다. 답장 주시니 신기하고도 큰 힘이 나요.

트위터로 소통하고 싶은데 부족함이 많아요. 하하. 더운데 정신 놓지 말고 열심히 살아가겠습니다. 거듭 감사합니다. 제 손 글씨로 선생님 이름을 써봅니다.

농부시인 서정홍 선생님.

시인님이 주신 메시지에 넉넉한 미소가 생각납니다.

누구보다 자유롭게 살겠습니다. 그런데 트위터는 조금 심심해요.

나에게.

볼품없는 나를 외면하지 않고 마음 써 준 분들이 훌륭한 거야. 공연히 나 혼자 기대했다 그 기대대로 안 된다고 쓸데없이 서운해하면 안 돼. 그럴수록 열심히 글 쓰고 몸과 마음을 다스려야지!

오늘도 더워서 힘들지만 기분 좋은 연락도 받고, 간만에 편지까지 왔네!

주책 부리지 말아야 하지만, 기분이 너무 좋아!!

서울 언니!

언니의 냉철한 조언을 생각하고 있어요.

내가 세상 앞에 나온 이유, 움직일 수는 없지만 소통 속에 자유롭고자, 치료에 매달릴 시간에 마지막으로 못다 한 꿈을 펼치며 즐겨보고자, 단 한 사람이라도 나로 인해 인생을 돌아본다면 그걸로 족하다는 그 말.

이것만 기억하면 된다고 했죠.

네, 그럴게요. 고마워요, 언니!

내 사랑 친구들!

항상 맘 추스르게 해줘서 고마워.

내가 안 아프고 기뻐야 그대들에게 희망과 행복을 줄 수 있을 거야. 강하게 견뎌내고 받은 사랑 다 보답할게. 감기 조심해.

사랑하는 맹또!

내 사랑하는 친구들이 달아 준 몇천 개의 댓글을 모아 댓글 북을 만들어준 그 정성, 잊지 않을게. 댓글 북은 엄청 무겁지만 온통 응원과 사랑만으로 가득한 보물 1호야. 책상에 두고 자기 전에, 아플 때 쳐다보며 눈을 감곤 해.

입원하자마자 달려온 제주 언니.

고마워요. 우리의 애마인 15번 말(마을) 버스를 타고 따각따각 달려왔죠. 선인장이 너무 귀여워서 포장 그대로 물주고 하루 종일 쳐다봐요.

내 마음의 별이 되어 주는 모든 분들께!

꾸준히 소통해 주는 이들께 감사합니다. 나를 외면하지 못하고 마음 아파해 주고 눈물 흘리는 그 사랑에. 하늘에서도 외롭고 심심하지 않게 모두 다 지켜드릴게요.

좀 과한 레이저를 쏘아대도 부담스러워 마세요. ㅎㅎㅎ

경기도 양주시 덕현 초등학교 정수경 선생님과 3-7반 꼬맹이들에게.

내게 편지 테러를 해준 열 살 꼬마들아.

식구들 고생하는 거 너무 미안하지만 죽지 말라는 너희들의 간청(?)에 마음의 짐을 내려놓고 열심히 살아보기로 했다.

아자!

전북 익산시 동산초등학교 이미선 선생님과 3-5반, 5-4반 아이들에게.

너희들이 보내준 편지와 그림들 잘 받아보았어.

이 누나(언니)는 그 그림과 편지를 한장 한장 읽으면서 얼마나 기쁘고 즐거운지, 글로는 표현할 수 없는 어떤 감동을 느꼈어. 한 번도 만나보지 못한 언니 또는 누나에게 고사리 같은 손으로 써 준 편지들… 그리고 날 위해 기도해 준 그 맑은 마음. 그 마음에 조금이나마 보답하는 마음으로 이 글을 남겨.

여전히 내 삶엔 우여곡절이 많지만, 이렇게 또 힘을 얻어 이 글을 쓰는구나.

나에 대한 너희들의 소원과 기도로 지금도 병마를 이겨내고 있구나.

사랑하는 너희들에게 꼭 좋은 모습을 보이도록 할게.

너희들의 그 고운 심성, 아마 너희는 이 나라의 훌륭한 큰 사람들이 될 거야.

littlegarden701 님.

날이 신선해졌는데, 에휴. 저는 발가락 괴사로 통증이 심해졌어요. 진통제랑 항생제 주사를 맞는데 구토가 심해 잠시 쉬었어요. 엉엉 여름에 이런 고생이라니. 아프지만 않음 바라는 게 없어요.

congjee 작가님.

제가 이번에 두 다리를 절단했어요. 다 썩어들어간 곳이라 너무 아팠거든요. 속이 시원할 줄 알았는데 혼자 아무것도 못 하니 그저 답답해요. 책 쓰고 나면 의족 생활 하려구요.

응원해주세요!

hojuguide 님.

보이는 것만큼 평화로운 현실은 결코 아닙니다. 병마는 여전히 진행 중이라 겪어왔던 고통은 그대로입니다. 잘 아시겠지만요. 하지만 내 아픔을 위로해 주는 이들이 곁에 있음에 서러움이 희미해져 갑니다. 그곳은 많이 춥다던데 괜찮으신가요?

사랑하는 트친 님들.

작고 나약한 저를 아무 대가 없이 진실된 마음으로 기도, 응원해 주심에 남은 오늘 하루 부쩍 힘이 나요. 한 번 놀러 오세요. 외모에 놀라지는 말 것!

내겐 너무 고마운 트위터에게.

불편하고 아픈 손이지만 글씨 쓰는 데 지장은 없어. 여기서 몇 개 더 잃어도 아마 소통을 이어갈 방법을 찾아낼 수 있을 거고, 아직은 닥친 일이 아니니까 그런 것까지 미리 신경 쓰지 않을래. 사람들 속에서 웃고 떠들고 부대끼고 참 좋아. 퇴원하면 고기도 구워먹고 놀고 싶은데, 난 차 안에서 못 나오려나.

사람들과의 소통은 가슴 벅차고 행복해. 세상은 날 꺼릴 것이라고 쉽게 단정 짓고 마음을 닫았었어. 그땐 어리기도 했지만 내 마음이 어두워서 그렇게 밖엔 안 보였나 봐. 새롭게 시작된 내 곁의 인연들, 밝고 유쾌하지만 눈빛은 한없이 슬퍼.

아, 또 내 마음이 그래서인가.

수술하는 동안 응원해준 트친 님들.

아프고 힘든 병원 생활 중에도 감사했습니다. 좋은 모습 보여 드리고자 했는데 워낙 안 좋은 몸 상태 때문에 재수술받아야 한대요. 크게 낙심했지만 울고만 있을 제가 아니기에 마음 다잡겠습니다.

수민 언니와 신촌 하나 교회 식구들.

목사님 내외분부터 모든 신도들이 저를 위해 기도해 주시고 찾아와 주셨습니다. 신을 믿지 않는 저이지만, 신은 결코 저를 버리지 않으셨네요.

그 진실함에 감사드립니다.

초롱 씨, 정하 씨, 보라 언니, 제게 편지 보내 주신 분들.

하루하루 꿈꾸듯 살았습니다. 정성스런 마음을 고이 간직해 이렇게 살아남았습니다.

받은 사랑만큼 세상에 되돌려 드릴 것을 약속합니다.

쌍화차코코아(쌍코) 회원님들.

오랫동안 짝사랑하던 이에게 미련이라도 없고자 고백하는 마음으로 글을 올렸는데, 여러 분들의 셀 수 없는 응원과 기도의 댓글로 제 운명이 바뀌었습니다. 쌍코의 젊고 아름다운 그대들과 따뜻한 마음들 나누며 살고 싶습니다.

이건 호빈이의 정식 프러포즈입니다. 하하하

사랑하는 사람들에게.

서른 살의 생일 선물, 두근두근 내 인생.

어디에서 그런 좋은 말들을 만들어 냈을까? 어쩌면 그렇게 내 마음을 울리는 글로 채웠을까?

참 아픈 기억과 슬픈 기억.

기쁨이라는 단어는 나에게 큰 사치였어.

하루하루의 삶이 나에게는 지옥이었고 고통뿐이었어.

오로지 죽음, 죽음만이 내 유일한 길이고 바람이었지.

그렇게 되었다면, 지금 이렇게 아름다운 사람들을 만날 수 있었을까?

神이 나를 안타까워 한 걸까? 친구들을 만날 기회를 주었네.

참 고맙고 고마워.

친구들, 그대들의 기도와 응원에 지금도 나 이렇게 살아서 이 글을 쓰고 있어.

내가 무슨 말로 병상에 누워 있는 나를 찾아와 준 친구들에게 감사함을 전할까.

이제 죽어도 행복하다고 말해야 될 것 같아.

진실로, 신의 이름으로, 친구들의 그 아름다운 고운 마음 마음이 온 세상을 뒤덮고 덮어서 세상은 더 맑고 맑아질 거야.

사랑하는 친구들, 하나하나 그대들의 이름을 내 가슴속 저 깊은 곳에 간직할게.

나에게 가장 값지고 소중한 선물, 바로 내 사랑하는 사람들.

저를 아껴주신 모든 분들 감사합니다.

시한부 인생이 아니었다면, 저는 여전히 눈물과 고통, 원망 속에서 지냈을 것입니다. 이제는 마지막이라는 간절함으로 쓰기 시작한 글이 모여 이렇게 책을 내게 되었습니다. 저 혼자서는 엄두도 못 낼 일이었지만, 많은 분들이 도와주시고 응원해 주셔서 가능했습니다.

글을 쓰는 도중 다리까지 잃었지만, 이렇게 살아남은 저는 결코 나약하지 않습니다. 천 번을 넘어져도 다시 일어날 각오로 걸어 보겠습니다. 너무 억세면 부러지는 삶, 먼지처럼 가볍고 자유롭게 여러 분들과 소통하면서 이 세상 소풍 끝내는 날, 저도 가서 아름다웠다고 추억하겠습니다.

저를 아껴 주시고 도와주신 모든 분들께, 머리 숙여 감사드립니다.

사랑하는 엄마.

아무리 희망을 떠올려 봐도 무거운 마음 탓에 소박한 웃음기도 사라졌지.

남 보기에 좋아 보이는 것들도 실상 알고 보면 다 똑같잖아.

힘들고 안쓰럽게만 보이는 우리도 절망만 있는 건 아니야.

딸이 먼저 즐거운 마음으로 지내면서 유쾌하게 살아볼게.

함께 있는 동안에는 그저 바라보고 사랑하고 엄마의 고생이 헛되지 않도록 흔들리지 않는 딸로 살아갈게요.

사랑하는 아부지.

모두들 그렇게 견디면서 살아간다던데, 우리 인생도 그렇겠지.

하나도 특별한 것 없어.

우리를 위해서 열심히 착하게 살아요.

병마가 또 힘들게 하더라도 아부지 믿고 이겨낼 거야.

아침부터 밤까지 긴 하루를 딸만 위하는 아부지의 일상이 행복하도록 딸도 온전히 최선을 다할게.

다음 세상에 또다시 만난다면 저 혼자만 아부지 알아볼게요.

아부지는 모른 척하세요. 더 고생하면 안 되니까.

멀리서 혼자 지내야 했던 동생아.

누나가 해야 할 일, 할 수 있는 일 그것만 생각할게.

늘 미안하다.

사랑하는 내 가족들.

삶의 무게를 고스란히 떠안은 엄마와 아부지, 누구의 앞에서도 강했지만 남모르게 흘렸을 눈물을 이제야 닦아드립니다.

가족들과 온전히 함께하는 인생이 눈부시게 행복합니다.

저 이제 누구보다 강해지겠습니다.

신호빈의 나를 외치다

초판 1쇄 발행 : 2013년 3월 30일

지은이 : 신호빈 신태균
편저자 : 홍주리
펴낸이 : 김운태
펴낸곳 : 도서출판 미래지향

편집인 : 김운태
경영총괄 : 박정윤
마케팅 : 김순태
디자인 : 스탠리
인쇄 : 백산하이테크

출판등록 : 2011년 11월 18일
출판사신고번호 : 제 318-2011-000140호
주소 : 서울시 마포구 서교동 353-1 서교타워 711호
이메일 : kimwt@miraejihyang.com | 홈페이지 : www.miraejihyang.com
전화 : 02-780-4842 | 팩스 : 02-707-2475

책값은 뒤표지에 있습니다. | 잘못된 책은 바꿔드립니다.
ISBN : 978-89-968493-6-0 (03810)

·편지내용을 인용한 데 대해 편지를 보내신 모든 분들께 양해를 구합니다.
편지 관련 문의 사항이 있으시면 연락 부탁드립니다.

·이 도서의 국립중앙도서관 출판시도서목록(CIP)은 e-CIP홈페이지(http://www.nl.go.kr/ecip)와
국가자료공동목록시스템(http://www.nl.go.kr/kolisnet)에서 이용하실 수 있습니다. (CIP제어번호 : CIP2013001656)